故乡·童年

巧鸟

张忠诚 著

二十一世纪出版社集团

图书在版编目(CIP)数据

巧鸟 / 张忠诚著. -- 南昌 : 二十一世纪出版社集团, 2021.5
ISBN 978-7-5568-5749-4

Ⅰ.①巧… Ⅱ.①张… Ⅲ.①中篇小说 - 中国 - 当代 Ⅳ.①I247.5

中国版本图书馆CIP数据核字(2021)第063585号

巧 鸟
QIAO NIAO　张忠诚/著

出 版 人	刘凯军		
策　　划	谈炜萍	封面设计	彭 蕾
责任编辑	王雨婷	责任制作	熊文华
绘　　图	桂 圆	责任印制	朱洪云

出版发行	二十一世纪出版社集团（江西省南昌市子安路75号　330025）			
网　　址	www.21cccc.com　cc21@163.net			
经　　销	全国新华书店	印　张	5.875　插 图 6	
开　　本	880 mm×1240 mm　1/32	印　数	1~20,000	
字　　数	86千字	版　次	2021年5月第1版	
书　　号	ISBN 978-7-5568-5749-4	印　次	2021年5月第1次印刷	
印　　刷	江西省和平印务有限公司	定　价	28.00元	

赣版权登字 -04-2021-285　　版权所有·侵权必究

（凡购本社图书，如有任何问题，请扫描二维码进入官方服务号，联系客服处理。服务热线：0791-86512056）

目　录
Mulu

第一章
捉蛇记 / 001

第二章
种树记 / 055

第三章
猫冬记 / 099

第四章
离乡记 / 137

第一章

捉蛇记

1

吃过了晚饭,苍耳跟着爸妈早早睡下了。一家人快要睡着的时候,苍耳听到了几声微弱的哭声,他说:

"爸,妈,窗户外面好像有小孩在哭。"

耳爸半睡半醒着,妈妈回了他的话,说:

"咱这荒山野岭的,走出多少里都看不到一户人家,深更半夜哪来的哭声,没准是山上下来了野狸子,野狸子在叫呢。"

苍耳抠抠耳朵,把耳朵支起来,又听到了哭声,还是小婴儿的哭声,不是野狸子叫。苍耳确定地说:

"妈,真的有哭声,是小孩儿的哭声,在咱家窗根儿底下哭呢。"

耳妈也在意上了，她坐了起来，把耳朵贴在玻璃上，这一下听真了，窗根儿底下真有婴儿在哭。耳妈推了推耳爸，说：

"栎子，你快起来出去看看，窗根儿底下真有孩子在哭。"

耳爸也醒了，半信半疑中坐了起来，把耳朵贴在玻璃上。苍耳也学着爸妈，把耳朵贴上去。玻璃冰凉，结着霜。这会儿婴儿的哭声比刚才更响。足足一分钟，三口人谁都没说话，在黑暗里互相看着。耳爸说：

"谁会跑咱这儿来丢孩子呀？"

耳爸一面小声说着话，一面窸窸窣窣穿衣。穿戴整齐了，他一手提着手电，一手提起墙根立着的枣木棒，轻轻地拉开了卧室的门，尽量不弄出大的响动，走到前门耳朵贴在门缝上，又仔细听了听，确定是婴儿的哭声。

小站在大山深处，最近的巧鸟屯也在几里之外，虽说爸爸手上有根枣木棒防身，可苍耳还是不放心。耳爸是巧鸟站上唯一的职工，自然也是这里的站长。耳妈也快速穿好衣服，来到耳爸身后。开门前，耳爸先冲着门缝咳嗽了两声，才抽掉铁门栓。冷风呼一下灌进来，连卧屋被窝里的苍耳都觉出冷了。

耳爸打开手电，先四外扫了扫，没有发现人影和兽物，然后循着哭声照过去，白光落处，一卷被子放在窗根儿底下，哭声正从被子里传出来。他看了看耳妈，努了下嘴，示意她把被卷抱起来。耳爸房前屋后走一圈，四处照了照，没有找到人影。耳爸说：

"先把孩子抱屋子里去吧，外面天太冷了，看把孩子冻坏了。"

耳妈把婴儿抱进了屋子。耳爸又等了等，听了听动静，照了照小站，只有空空的站台和远方黑黢黢的山峦。耳爸小声喊：

"有人吗？"

连喊了几声，没人答言。耳爸关了手电，回了屋，回身把门闩也插上了。亮光让婴儿哭得更响。耳妈拍着被卷，哄了好一阵，婴儿才安静一些。苍耳也穿上了衣服，一句话不说，他一下子蒙了，大半夜的，怎么会多出个啼哭不止的婴儿来？看了好一会儿，他才慢慢回过味儿了——他们家拾了个婴儿。

被卷里裹着三样东西：一个奶瓶，一袋奶粉，还有一张纸片。纸片上写着婴儿的出生日期，除了这个啥也没有了。耳爸在蜡烛光下，把纸片翻看了几遍，也没找到多余的字。

耳妈端来暖水瓶，舀了两勺奶粉，冲了一点奶。到底是当过妈的人，她把婴儿抱起来，熟练地给婴儿喂奶。有了吃的，小婴儿安静多了。耳爸说：

"苍耳，你先睡吧。"

苍耳哪里睡得着，他把刚穿好的衣服又脱了，钻进被窝，侧脸看着妈妈怀里抱着的婴儿。耳妈打开被卷看婴儿是不是尿了，她说：

"是个小女孩呢。"

耳爸看着小婴儿，说：

"多好的一个孩子呀，鼻子、眼睛、嘴巴长得多周正，为啥不养呢？"

耳妈给婴儿喂完了奶，把婴儿竖起来一些，拍了拍奶嚼。吃饱了，婴儿也不哭不闹了。也许是困了，婴儿很快在耳妈怀里睡着了。耳妈等婴儿睡熟了，轻轻地把婴儿撂在炕上，盖暖和了，才跟耳爸说：

"咱哪知道为啥不养呀，栎子，你不是一直想要个闺女儿吗，准是人家知道了你的心思，特意大晚上翻山越岭给你送来，让你当个亲闺女儿养的。"

耳爸又把纸片拿起来，给了耳妈。耳妈看了又看，也没看出什么，她说：

"咋看也就这几个字，除了生辰八字，也看不出别的了。"

耳爸说：

"明个儿我得去趟南桥镇，拾了个孩子，不是拾了个猫崽子，可不能这么悄没声地养下了。"

耳妈赞同耳爸，要他明天坐4256次列车去南桥，找镇上的人，把这事说一说，还是找到婴儿的父母为好。找到了，劝一劝，抱回去养起来。苍耳把头藏在被窝里，心还在怦怦乱跳，分明醒着，却像在梦里一样。

2

耳爸穿着藏蓝色制服，站在寒风包裹着的雨棚底下，向着火车开来的方向站定。风吹得红绿旗子扑啦啦响。

小站叫巧鸟，是魏塔线上21座小站之一。

这条铁路线一天只开行一对客车，4255次列车和4256次列车。乘客大都是山屯里的农民，也有坐慢车赏山景的城里人。列车只挂四节车厢，一节邮政车厢，三节客车厢。三节车厢依然坐不满员，许多座位都空着。车头还是老蒸汽车头，呼哧呼哧冒蒸汽；车顶还有根烟囱，咕嘟咕嘟冒烟；黑色的大传动连杆，像条粗壮的大胳膊来回摇动大轮。偶尔还会过一趟货车，但不在巧鸟停车。货场在柳树屯站，有时货物少，不够编组，十天半月才开一趟。耳爸只管客车接送，不管货车。一家人住的屋子是车站的旧票房子，三十多年了，四处修修补补。巧鸟站不卖票，乘客上车找列车员补票。

4256次列车咣当过来，耳爸打了旗语，列车司机用笛声回应了他。

列车在站台上缓缓停下，列车员开了车门。

又白停了。没有人下车，也没有人上车。

胖车长站在邮车和客车厢之间的站台上，老远就喊苍耳：

"傻小子，天多冷啊，你也不知道多穿点衣裳。快回屋去吧，一会儿耳朵要冻掉了。"

苍耳喜欢和胖车长说话，他也跟胖车长打招呼，喊他乔叔叔。胖车长跟苍耳挥了手，拽着车门扶手上了车，耳爸喊胖车长：

"老乔，你等一下我，我要去趟南桥。"

苍耳也想坐趟火车，跟着爸爸去南桥走一圈。他赶在胖车长关车门前，也爬上了火车。

胖车长问耳爸：

"老白，去南桥干啥？你可是不会轻易离开站的啊。"

耳爸趴在胖车长耳边说：

"半夜捡了个孩子，一个小女孩儿，不知谁送到站上来的，你嫂子在家看着小孩儿呢，我去南桥跟镇上说一声,咱不声不响地养起来算咋回事?"

人少得可怜,一节车厢才不到二十人。车厢里飘着很浓的煤烟味。苍耳和爸爸找了个靠窗子的座位坐下。

火车到了南桥站,苍耳和爸爸下了车,直接去了南桥镇人民政府。接待他们的是个女镇长。女镇长听了这事,感觉挺新鲜,以前从来没遇到过呢。

女镇长去了民政办和派出所,几个人商量了一会儿,女镇长回来跟耳爸说:

"你先回车站吧,既然拾到了,先把小孩儿养着,镇上帮着找找线索,找到了再去车站找你。"

出镇政府时,耳爸又折了回去。他之前把那张纸片给了女镇长,他想拿回来。

女镇长笑呵呵地说:

"这张纸片你得给我们留下来,我们得辨认纸片上的字迹,这是唯一能找到婴儿父母的线索了。"

耳爸坚持要回来,他说:

"这纸片估计是婴儿爸妈写的,一旦找不到她的爸妈,这张纸片是小孩儿唯一的念想儿,我不能把这点念想儿给她弄丢了。"

女镇长把纸片送去复印室,复印了一张,又把纸片还给了耳爸。耳爸把纸片叠起来放进钱夹,便离开了镇政府。

距4255次列车到达南桥站还有三个小时,难得来一回镇上,耳爸决定带苍耳去看翠鸟湖。

翠鸟湖上还有几大片芦苇,芦花还在,经了一冬的寒风,芦花发黄。翠鸟湖心有家炖鱼馆,他们进了鱼馆,耳爸点了浇汁鲤鱼和凉拌蜇皮。他们把凉拌蜇皮吃光了,浇汁鲤鱼只吃了小半条,剩下的给耳妈打了包带回去。

南桥是个镇,车站比巧鸟站要大一些,有三个工作人员,跟耳爸都熟。见耳爸带着苍耳进站来,丘站长见了来找耳爸说话,叫耳爸"白站长"。耳爸听了怪不好意思的,说:

"我算啥站长,你还是叫我老白吧。"

丘站长指着苍耳说:

"这是你儿子呀?"

耳爸说:

"是啊,我就这么一个儿子。"

耳爸是随口说的,本来就一个儿子嘛。苍耳也不知道怎么的,听了爸爸这么说,顺口就补了一句:

"我爸很快就会有个闺女儿了。"

丘站长"哦"了一声,眼睛大了,说:

"你又要当爸爸了?"

耳爸见丘站长误会了,连忙往丘站长跟前凑一凑,小声说:

"昨儿晚上拾了个女婴儿,也不知谁家的,送到窗根儿底下去了,这不来南桥镇政府说一下,不然凭空咋多出个孩子来呢。镇上说了他们找孩子的父母,找到了还得给人家送回去,我养着算咋回事?"

丘站长说:

"你不正好缺个闺女儿吗,我看你养着算了,有儿有女才算凑成个'好'字。"

又说了一阵,丘站长忙去了。

4255次列车进了站,苍耳跟爸爸上了车。找到座位坐下了,爸爸怪苍耳乱说话,这事儿八字还没一撇呢,哪里多了个闺女儿了？苍耳觉得委屈，不理爸爸了，单独靠窗坐着。冬日的山光秃秃的，田野里有干枯的秣秸秆叶子，风把它们在垄沟里卷过来卷过去。

直到画眉山阳坡上的山杏花都开了，镇上也没有找到女婴的父母。

女婴满月这天，耳爸又坐着4256次列车去了南桥镇，又找到了女镇长。女镇长一脸不好意思：

"我们找了呀，南北二屯，东沟西沟，四乡八镇的，全找人打听了，没找到呀。只有半张纸片和那几个字，这么大的地方，哪找去？没准都不是南桥镇的孩子呢，谁会把孩子在眼皮子底下丢呀。"

耳爸说：

"镇长，你给我个准话儿，这孩子咋办？都满月了。"

女镇长给倒了一杯水，耳爸没喝，端在手上。女镇长说：

"有两条路，一条是你们把孩子养着，听说你只有一个儿子，上次来我也看见了，再有一个女孩正好。另一条是你不想养，就送到镇上来，镇上再找想养的人家，没有人家养就送福利院。不过咱南桥的福利院你也知道，是个养老院，还没有接收过小孩儿。"

耳爸说：

"你要这么说，我选第一条，这孩子我养了，不过将来镇上要给上户口。"

女镇长松了一口气，她怕耳爸不想养，还要重新找收养婴儿的人家。听说耳爸肯养，她挺高兴，她也打听过巧鸟站这一家人，是个心善的人家，不会亏待了女婴。

耳爸放下水杯，跟女镇长没来得及告别，便匆匆忙忙出了镇政府，像是怕女镇长反悔似的。在南桥站等4255次列车时，还有些心慌，盼着车快点进站，生怕女镇长再把他喊回去。在回来的火车上，他给女婴取好了名字，叫苓耳。

3

耳妈一直想养些鸡鹅，有了鸡鹅，才像个人家嘛。耳爸一直不允，怕影响车站形象。耳妈本是依着耳爸的，可这回有了闺女儿了，耳妈又提出了养鸡鹅的事，理由是闺女儿不能老吃奶粉，要吃鸡蛋鹅蛋，自个儿养的鸡鹅下的蛋，闺女儿吃着也放心。

耳爸心活了，不过定了三条规矩：只能养一只鸡一只鹅，一只鸡一只鹅下的蛋够闺女儿吃了，大人要是想吃鸡蛋鹅蛋可以去南桥镇买，也可以去巧鸟屯买；鸡鹅要养在笼子里，不能散养，不能在站台上拉鸡屎鹅屎，鸡鹅乱飞乱跑，火车经过不安全；鸡鹅笼子白天要放到屋后去，不能摆在屋前，观之不雅，只有晚上才可以拿到屋前来。

看到耳爸同意养鸡鹅，耳妈偷着乐，她痛快地答应了下来。怕耳爸反悔，耳妈让耳爸看着苓耳，自己喊上苍耳去了巧鸟屯，挨家问有没有母鸡母鹅卖，要买回去就能下蛋的。

巧鸟屯才二十几户人家，问了十几户才买到一只母鸡和一只母鹅。没有鸡笼子，他们把鸡鹅的腿用布条系了。苍耳抱着鸡，妈妈抱着鹅，回了巧鸟站。耳爸看过了鸡，又看过了鹅，对炕上躺着的苓耳说：

"这下好了,鸡有了,鹅有了,以后鸡屁眼儿鹅屁眼儿就是我闺女儿的饭碗了。"

一句话把苍耳逗笑了,细想想爸说得还真对,蛋可不是从鸡屁眼儿鹅屁眼儿里下出来的么。

耳爸给鸡鹅打木笼子。苍耳忙前忙后,一会儿递块木板,一会儿递把锤子。爸说他捣乱,我要的是钉子,你给我锤子干吗。苍耳给了钉子,又忘了锤子,耳爸说:"锤子呢,没锤子我拿啥钉钉子呀。"苍耳又嘻嘻笑着递上锤子。

一个下午,一个鸡笼子和一个鹅笼子做好了。长方形的木笼子,五面是木板,缝隙很小,前面蒙了铁丝网,网眼小如豆粒,防老鼠、长虫,也能防黄鼠狼。耳爸把鸡鹅脚上的绳子解下来,放到笼子里去。刚放进去,脚松开了,鸡鹅还觉着蛮不错,在笼子里走了几圈之后,有些不满意了,鸡倒是没怎么叫,鹅嘎嘎叫唤不止。耳爸指着鹅说:

"听你这叫声,哪像只母鹅,赶上公鹅了。"

苍耳问:

"爸，公鹅也会叫吗？"

爸爸说：

"公鹅母鹅都是鹅，母鹅会叫公鹅不会叫？公鹅不只会叫，叫起来声还大呢，比母鹅叫声大多了，比火车头进站拉鼻儿还响。"

耳妈在一旁笑，说：

"栎子，你可真能比，公鹅再能叫，也叫不过火车拉鼻儿呀。"

苍耳转脸问妈妈：

"妈，鸡鹅啥时候会下蛋呀？"

妈妈说：

"妈摸过了，鸡夹着蛋呢，今儿个准下；鹅嘛，估摸着明天也能下，明天不下，后天也会早早地下。"

苍耳一听，成了个丈二和尚，妈怎么能摸到蛋呢？他一整天都在想这个事，快到傍晚了，妈喊苍耳看鸡笼子，笼子角落里真有个白皮鸡蛋。苍耳打开鸡笼盖子，把蛋拿出来。鸡还有些不乐意，咕咕叫着，用尖嘴巴来啄苍耳手背。苍耳乐呵呵地把蛋捧在手心上。妈妈说：

"今儿个晚上妈把这个鸡蛋给你煮了吃。"

苍耳说:

"还是留着给妹妹吃吧。"

妈妈说:

"妹妹现在还不能吃鸡蛋呢,只能吃奶粉,再过几个月,就能给妹妹蒸鸡蛋羹吃了,那时再给妹妹吃,这个蛋算是奖励你陪妈去买鸡鹅的。"

做晚饭时,耳妈真把鸡蛋煮了。苍耳家以前没养过鸡鹅,这还是头一回吃自家鸡下的蛋。苍耳把热鸡蛋捧在手上,妈妈喊他剥鸡蛋壳,苍耳还是不剥,饭吃完了,还在他手上。饭桌搬下炕,苍耳把煮鸡蛋在炕上骨碌来骨碌去,还是不肯吃掉。妈妈说:

"你不吃掉它老骨碌啥,那是鸡蛋,是从鸡屁眼里下出来的,不是汽车上的轮胎,不要再滚来滚去了。"

天黑下睡觉了,鸡蛋还在苍耳手上握着。苍耳睡着后,妈妈才把煮鸡蛋悄悄拿开,放在苍耳醒来能摸到的地方。

第二天苍耳比妈妈起得还要早。苍耳藏了个心眼,想看看妈妈咋给鸡摸蛋。屋子前面有一垛劈柴，苍耳找好了方位，从那儿能把鸡笼子看在眼里。苍耳见妈妈打开了鸡笼盖子，把鸡捉了出来。苍耳假装挑劈柴，眼斜楞着看鸡笼子。这一下，苍耳都看到了，妈妈真是抠了鸡屁眼。只看了这一眼，苍耳的脸莫名地发烧。

耳妈摸完蛋，把笼子搬到了屋后面去，给笼子里撒了米，盖上笼盖子，开始做早饭了。苍耳不死心，他绕到屋后去，看着那只鸡。鸡在笼子里啄米，有一会儿鸡屁股向外，毛很厚，看不到鸡屁眼。苍耳忽然有了个主意，他打开了鸡笼盖子，抓住了鸡的脖子，鸡只扑棱翅膀，叫不出来。他把鸡从笼子里抱了出来，屋后一大片槐树林，苍耳抱着鸡躲到了一棵树后。

十岁的苍耳在这一天里干了两件"坏事"，不单学妈妈抠了鸡屁眼，还看着鸡把蛋生了下来。为此，苍耳脸红心跳了好几天，绕着鸡笼子走，不敢看那只鸡。妈妈说他这几天怪怪的，让他去捡鸡蛋，苍耳也磨磨蹭蹭不肯去，挨到天黑了，还是妈妈自个儿去把蛋捡了回来。

4

入了夏,天气极热,往年也没热这么早。耳妈说是不是冬天太冷了,夏天就会补回来呢。苍耳觉得妈妈说得有理。有理没理的也管不住天热,苍耳早早就光起了小膀子。妈妈见罢就嚷:"苍耳穿上衣裳,别凉了肚子。"苍耳还是会偶尔光一光膀子,一看妈妈又要嚷了,连忙把衣裳穿上。

家也是苍耳的学校。原来苍耳在巧鸟屯小学上学,班上或者说整个学校里,只有两个学生,另一个是巧鸟屯的一个女孩子。巧鸟屯算不得学校,只能算一个教学点,只有耳妈一个老师;耳妈没有编制,只算代课老师。那个女孩子比苍耳大一岁,念到二年级,他的爸妈去外地打工,带她到外地去上学了。耳妈跟上边学校商量,反正就苍耳一个学生了,校舍还漏雨,在家里上好了,等五年级再去南桥小学上。

赶巧这一天,耳爸去柳城车站开会,耳妈在槐树林边上的菜园里间苗,苍耳和苓耳在炕上睡午觉。苍耳觉着腿上有凉凉的东西爬过去,迷迷糊糊睁开眼,看清了是一条长虫。长虫就是蛇,乡下人多叫它长虫。长虫半条身子爬过了他的大腿,往苍耳那边爬。苍耳尖叫一声,呼一下坐起来,顿时睡意全无。长虫吐着信子,受了苍耳的一吓,停了一停,又往苍耳那边爬去。

苍耳一把捉住了长虫的脖子。长虫好像也没想到这个小男孩有这么大的胆子,敢对它下手。长虫扭动着身子,可苍耳力气太小了,加上有些怯,根本抓不牢。窗户开着半扇,苍耳胳膊狠狠一甩,也不知哪来的劲,一下把长虫甩了出去。就这一下,苍耳浑身都是汗了。苍耳怕它再爬进来,慌忙把窗子拉上。

苍耳穿了鞋,出门前把卧室门关上。等他到了院子时,长虫已爬上了窗台,贴着玻璃吐信子。苍耳喊妈妈。耳妈听见喊声,不知出了啥事,手上攥着锄头就跑了回来。她用锄头把长虫摁在窗台上,长虫痛苦地扭动着身子,尾巴把窗台抽打得啪啪直响。妈妈说:

"苍耳,得把这条长虫送走,可不能让它钻进墙窟窿,钻进去就抓不到它了,指不定啥时候它还爬出来。

这要是夜里爬进屋子，爬进被窝，会吓死人。"

苍耳跑去劈柴垛，找了一根长一点的劈柴，帮着妈妈摁住长虫的尾巴。即便这样，长虫还是扭动着长身子，劲道很大，把身子弯成一座拱桥。苍耳有些摁不住它。妈妈说：

"苍耳，赶快想个法子，妈想不出咋抓住这个东西。你爸又不在，妈也有些麻爪儿了呀。哎呀呀，这可咋办呀？苍耳，你要帮妈想个法子呀。"

汗水要把苍耳的眼睛糊住了，他腾出左手擦了脸上的汗。阳光晒着他的脊背，他太瘦了，由于过于用力，脊梁骨节清晰可见。苍耳脑子转了转，想起爸新编的鸡笼子。这不是养鸡的笼子，而是打算放进大鸡笼子里，专门留给鸡下蛋的。因为那只鸡常站着下蛋，鸡蛋从屁眼挤出来，掉在鸡笼子木板上，磕碎了好几个。耳爸割了荆条，编了专门给鸡下蛋的鸡窝笼。母鹅就很好，趴在草絮上，一声也不吭，从来没弄碎过一个蛋。苍耳说：

"妈，我先松手了，你坚持一会儿，摁住这东西，我去找鸡窝笼来。"

妈妈说：

"苍耳，你麻利点，我的手要麻了，这条长虫劲太大了。"

要命的是苓耳醒了，在炕上号啕大哭，耳妈隔着窗子哄：

"闺女儿闺女儿，别哭别哭，等哥哥送走了长虫，妈给你冲奶粉喝。"

苍耳找来了新的鸡窝笼。有妈妈摁着蛇头，苍耳容易下手多了。他抓过长虫，把长虫尾巴塞进鸡窝笼。摁了半天了，长虫也没多少力气了，摆动了几下尾巴，也不再扭动。苍耳把整条蛇身子都塞进鸡窝笼，他说：

"妈，我喊一二三，喊到三，你松开锄头，我把长虫装进笼子，盖上盖子。"

妈妈说：

"好，苍耳，你可小心些，别让它咬到你。要是抓不住它，就丢开它，等你爸回来再抓它。"

苍耳喊：

"妈,你别说了,你再说我就要紧张了,我爸说巧鸟没有毒长虫。你别说了,你听我的,我要喊了,一……二……三。"

妈妈松了锄头,苍耳往上一提笼子,长虫还没来得及挣扎,就被装进了笼子。苍耳麻利地盖上了鸡笼盖。这个鸡窝笼编得密实,只有很小的缝隙。长虫在笼子里很躁动,贴着笼子壁乱爬。

鸡窝笼像一口缸一样坐在地上,苍耳又找了块石头压住盖子,接着一屁股坐地上,由于紧张和用力,两条小瘦胳膊抖来抖去,交叉着相互扳着也扳不住。耳妈顾不得别的,赶紧进屋去看苓耳。屋子里热得像个蒸笼,耳妈打开窗子和门,透气降温,可苓耳还哭叫不止。

苍耳缓了会乏儿,趴在地上,从笼子缝隙看长虫。苓耳安静一些了,耳妈问长虫从哪儿爬出来的。苍耳说他正在睡觉,大腿一阵冰凉,发现长虫爬过了他的大腿,就抓住长虫甩出来。妈妈说:

"这么说,这条长虫是从外面爬进来的?"

苍耳说:

"也可能它本来就藏在屋子里的呢。"

苍耳这么说，妈妈担忧起来。她抱着苓耳仔细看看屋子，发现屋地上落着一堆湿土，再看屋顶的秫秸房笆，塌了一块，看样子长虫是从房顶上掉下来的。

来不及弄清长虫哪来的，眼下要紧的是把它送走。苍耳抱着鸡笼子往屋后走。屋后是通往山外的，走二里多就到了响水河子，走三里多就到了巧鸟屯。长虫在鸡笼里爬来爬去，沙沙作响，几次想把鸡笼盖子顶起来。但它再用力也是白费，盖子用细绳系着呢。

走到响水河子，三根大槐木横躺在上面，用藤缠紧了当过河桥。苍耳抱着鸡窝笼过了桥，找了个草甸子，解开鸡窝笼盖子的细绳，再把鸡窝笼子放倒，长虫从笼子里爬了出来。苍耳随手折了根树条，以防长虫往回爬。长虫爬出笼子，爬进草稞不见了。

又等了一会儿，苍耳抱起笼子往回走，手都是抖的，心还是怯。走了半里，苍耳才发现鸡笼盖子忘拿了，又折回去找鸡笼盖子。找到鸡笼盖子，用树条抽打了几下草稞，才捡起鸡笼盖子往回走。一去二里多，来回近五里。耳妈正担心着，见苍耳抱着空笼子，傲然地走回来，之前的心怯全没了。

5

耳妈采了些瓜菜，要苍耳去巧鸟山给爷爷送去。苍耳沿着铁路线边上的小路，往东走了不到三里，望见巧鸟山。魏塔线隧道穿山而过，山上长满了柞木树。苍耳小跑着上了山，望见柞木林里的小房子。苍耳爷爷修铁路受重伤，失去了左小臂和右小腿。爷爷坐在小屋前，一棵大柞栎树遮住了屋前的太阳。

爷爷给了苍耳一个柞木墩子，说：

"啥事这么急三火四的？这菜又不是偷人家的。"

苍耳不坐，把瓜菜放在地上，不等把气喘匀了，就把长虫的事说给了爷爷听。爷爷说：

"苍耳，你真行，那么大的长虫都抓得住。不过长虫这种家伙，抓得走，送不走，早晚还得爬回来，只有桃花池老焦家人送才送得走。"

苍耳说：

"焦家咋恁能耐？"

爷爷说：

"谁知呢，焦家人祖辈传下来的，生下来就能辟蛇。啥长虫到了焦家人手上，都是一根面条。焦家人送走的长虫，没有爬回来的。"

苍耳说：

"那去找焦家人来送吧，长虫再爬回来，半夜爬到被窝去咋办呀？"

爷爷说：

"等等看，没准苍耳送的长虫，也爬不回来呢。"

苍耳忐忑地等了一夜，隔一会儿听一下屋顶，到了后半夜，耳妈说："苍耳，你睡吧，妈听着。"苍耳才知妈也没睡，到了天亮了，没见长虫爬回来，苍耳的心才放下些。

4256次列车进站停车，耳爸脚刚沾地儿，苍耳便向他讲长虫的事。车开走后，苍耳把爸爸拉进屋子，指着棚顶那块房笆，那里还在掉零星的土渣。

苍耳帮着爸爸和泥，把棚顶的洞塞上，把破了的那块房笆也糊上了，底下用块木板托住。这下看上去放心多了。

三天后的上午，棚顶又开始落土，接着苍耳又看见了大长虫。长虫吐着信子在椽子中间缓慢地爬着。耳妈抱起苓耳出了门，耳爸闻声赶来。苍耳说：

"爸，我去给你找鸡窝笼来。"

耳爸摆了摆手，说：

"不用，鸡笼上有它留下的气味，你还没有抓到它，它就溜掉了。你去把锄头拿来，我够不到它，我要把它弄到地上来。"

苍耳说：

"锄头上也有气味，妈妈摁过它的脖子。"

爸爸说：

"你不会去拿另一把锄头来？咱家又不是只有一把锄头。"

上次用的是妈妈的锄头，爸爸的锄头上的锄杠比妈妈用的锄杠长一些。苍耳拿了锄头给爸爸，爸爸要苍耳

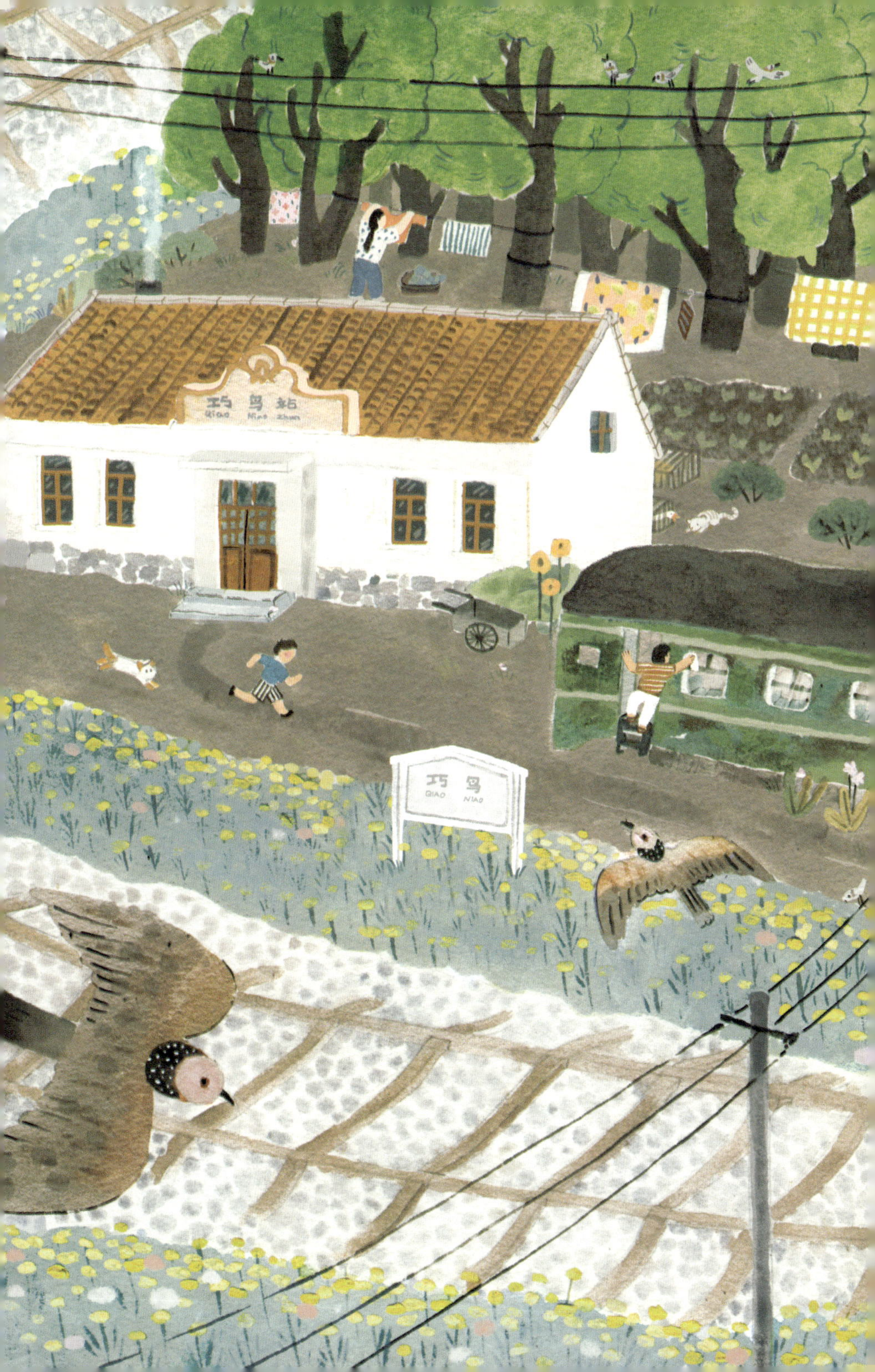
巧鸟站
巧鸟
QIAO NIAO

耳爸决定全家搬进车厢。

苍耳很兴奋，跟着爸爸打扫车厢。

没有炕，搭了板铺，

大夏天，也不冷。

每扇窗子都擦了，干净又宽敞。

出门去，苍耳说要陪着爸爸。耳爸说：

"长虫这东西脾气可臭呢，它还记仇。上次你抓过它，它记住你了，咬到你的屁股就完蛋了。"

苍耳这才退出去，在屋外面趴在窗台上看。耳爸瞅准了棚顶，钩住了长虫的中间部位，猛往下拽。长虫从棚顶掉在地上，还没来得及爬走，耳爸抢上去，右手掐住它的脖子，顺势左手把长虫捋直了。耳爸一手掐蛇头，一手攥蛇尾，不停地抖蛇，经了几回抖，长虫服帖了。

他们出屋顺着铁路往南桥方向走，走了有三里多，耳爸走下路基，把长虫丢在了草稞里。草稞很深，还长着两棵苍耳稞子。苍耳看不见长虫，说：

"爸，它再要爬回来，我用鸡窝笼装着，坐 4256 次列车送到南桥镇去，它再怎么识路，五十里也爬不回来。就算它真往回爬，爬回来也冬天了，也要避素了。"

爸爸说：

"火车上带长虫，亏你想得出来，那是客运列车，不是马戏团的车。"

上次送走三天，这回只一天，长虫就爬了回来。这回耳爸抓住它，没有立马送走。这条老蛇看样子送不走，送出三里五里，三天两日的，还会爬回来。苍耳抱来鸡窝笼，耳爸把长虫塞进鸡窝笼，用细绳系紧了笼盖。长虫在鸡窝笼里咝咝吐着信子，尾巴在笼子里啪啪甩鞭。爸爸说：

"笼子盖严实了，它爬不出来，熬熬它的性子。"

长虫在笼子里躁动了一会儿，也知出不来，安生多了。苍耳跟爸商量，坐着4256次列车把它送到南桥去，它准爬不回来。耳妈也觉得苍耳的主意不错。耳爸对耳妈说：

"4256次列车是客运列车，带着长虫乘车，把人咬到咋办？苍耳是个孩子，你也是个孩子？竟出馊主意。"

耳爸也没有想好怎么送长虫，只好先养在笼子里，把性子熬软了再说。苍耳隔一会儿就去看看，看看这家伙还在不在笼子里。苍耳说：

"爸，要不我们把长虫养着吧，反正又送不走它，让它屋里屋外爬来爬去，还不如养在笼子里放心。"

爸爸说：

"这家伙每天要吃鸡蛋，或者老鼠、青蛙也行，你去给它抓？鸡蛋倒是有，给它吃了，你妹妹还吃不吃？养鸡是为了养你妹妹，还是为了养一条长虫？"

这家伙还挺难养，以为它不吃食，光吃土呢。苍耳一晚上没睡好觉，早起又跑去看，长虫盘成蚊香样子，苍耳摇晃着笼子说：

"别睡了，太阳晒屁眼了。"

妈妈笑，说：

"你见过长虫有屁股？"

长虫摇醒了，又来了脾气，把笼子弄得哗哗响，尾巴在笼子里甩鞭。

6

4256次列车进站了，下来个很老的老头。胖车长扶着老人下车，趁着谁也没有注意，苍耳抱起鸡窝笼，从爸爸身后走过，在胖车长身后上了车。等胖车长上了

车,车开出去十来里了,他才发现门后蹲着苍耳。胖车长说:

"苍耳,你咋上车了?你是不是上来淘气,车开了,没来得及下去呀?你爸你妈找不到你,还不得急死呀,你这个皮孩子!"

苍耳说:

"我去南桥卖鸡。"

胖车长说:

"卖鸡?你家不是才买了一只鸡,哪里还有多余的鸡卖?"

苍耳说:

"新买的鸡不下蛋,我妈说它白吃粮食了,要我去南桥把它卖了,再买只下蛋鸡回来。"

列车门后光线不好,鸡窝笼缝隙又小,看不清里面装着啥。胖车长起了疑心:

"卖鸡也该是你妈去呀,我才不信你妈会放心叫你去南桥赶集卖鸡呢。再说了,今天也不是南桥开集的日子啊,你去哪里卖鸡?你把鸡窝笼打开,我看看是不是鸡。"

胖车长要看鸡窝笼里的鸡，苍耳躲。胖车长非要看。苍耳耍赖，趴在了鸡窝笼上。胖车长猜出这笼子里不是鸡，尤其苍耳偷偷跑上车，肯定有啥猫腻儿，但说啥也没想到会是长虫。胖车长说：

"苍耳，你让我看看里面是啥，你要是不让我看，我让司机现在停车，在荒郊野外让你下车，我看你怎么回去。"

胖车长在吓唬苍耳。苍耳跟胖车长好，慢吞吞地把鸡窝笼给了胖车长。胖车长抱到车门光亮处，看清了里面是条长虫，他实在难以置信，差点尖叫出来。他们正好在邮政车厢跟客车厢连接处，车上人也不多，还没有乘客看到这个鸡窝笼。胖车长忙把苍耳拉进邮政车厢。胖车长说：

"这长虫哪来的？"

苍耳说：

"我家屋顶上住着的，老爬下来要咬苓耳，抓了几回，也送了好几回，每回都能爬回站里。这回又抓住了，我爸犯了难。我想了个主意，送到南桥去，五十里呢，它爬不回来,就算它爬回来,也冬天了。"

胖车长说:

"哦,是这样啊,我看用不着送到南桥,下一站是串子沟,送到那儿估摸着它就爬不回去了。掰手指算算也送出二十里了。"

苍耳说:

"我还是想送到南桥去,二十里它还是能爬回去。还有,串子沟太荒了,我要等好几个小时才能等到4255次列车呢。"

胖车长说:

"抓长虫都不怕,还怕在串子沟等车?不过你说得也有理,串子沟乘降点附近二三里没人家,你还是送到南桥去吧,等4255次列车回来。"

长虫在笼子里又躁动了,嗞嗞响,尾巴偶尔抽打几下笼子。胖车长说:

"你就在这节车厢待着,看住它,可别爬出来了。要是长虫满车厢乱爬,让乘客见了,吓得乱喊乱叫,我这饭碗也砸了。"

车到南桥，下车前胖车长塞给苍耳半盒饼干。苍耳怕被接站员认出来，抱着鸡窝笼子扭着脸出了站。走出半里，是黑水河子。虽说叫黑水河子，但实际上水清亮无比。黑水河子比响水河子大多了，水边连片的蒿草地，一鼻子青蒿味。苍耳把鸡窝笼放在蒿草里，时间还很富余，便坐在大石头上看河。这时苍耳才有些怕，不是怕回不去，是怕爸妈担心。可又没有办法，想回巧鸟，只有等近五个小时坐4255次列车。

苍耳怕走丢了，不时回头看看南桥站。南桥站比巧鸟站大，但也偏僻，离南桥镇正街好几里呢。长虫嗅到了蒿草味，在鸡窝笼里爬来爬去。鸡窝笼养过长虫，鸡再也不会住这个窝了。鸡能嗅出长虫的气味，它怕。

苍耳想把鸡窝笼丢这算了，不拿回巧鸟站了。盖子上的绳子也不解开，长虫出不来，它就没法爬回去。于是苍耳把鸡窝笼藏进蒿草丛，转身往南桥站走。他没有手表，不知道4255次列车进站还有多久。

进了南桥站，看了墙上的钟，还有三个小时呢。南桥站的丘站长看见了他，问：

"小耳朵，你爸爸呢？"

苍耳说：

"我一个人来的，上错车了，等4255次列车再回去。"

丘站长说：

"上错车我可不信，准是你淘气，偷摸溜上车，车开了你没来得及下去，是吧？"

苍耳脸红了，不知道该咋往下接话，又不能说送长虫来了。苍耳怕说漏嘴，向外跑去，丘站长说：

"别乱跑，错过了4255次列车，你就回不去了。"

苍耳装作没听见，跑到站外一个拐角的阴凉处，找块小石头坐下来。等车的时间过得最慢了。苍耳隔一会儿就跑到门那，隔着玻璃看看墙上的钟。离车进站还有半个小时，苍耳又想起了鸡窝笼子。笼盖子的绳子不解开，长虫没法出来，他把笼子藏得很深，外边又看不见。它吃什么呢？许多天过去，长虫只有饿死。

想到长虫会饿死，苍耳心慌了——这不等于杀死了它吗？要是打算杀蛇，没必要折腾来折腾去，把它送来这么远呀。爷说巧鸟人不杀蛇。苍耳越想越心慌，这条长虫困死在笼子里,就等于自己杀死的。苍耳去看了钟,车再有十五分钟进站了,丘站长站在检票口,等着开口放行。苍耳跑出南桥站,拼了命地跑去黑水河子。

来到河边,苍耳心急,一时又找不到那块坐过的石头了。左找右找,才找到了鸡窝笼子,长虫还在里面乱爬。苍耳抱起鸡窝笼,解笼盖上的细绳。一根细绳系成了死扣,越急越解不开。苍耳把鸡窝笼抱到岸上,好不容易找到一个带刃的石片,锯木头一样,把细绳锯断了,用力把鸡窝笼子丢向了草丛,笼盖跟笼子摔开了,他没来得及看长虫,又往南桥站跑去。

7

从南桥回来的第四天,长虫又爬了回来。不可思议的是,它是坐着火车回来的。

4255次列车停靠在巧鸟站,开走后,苍耳发现了大长虫,大呼小叫起来。耳爸也受了惊吓,顺着苍耳的手,也看到了长虫。等耳爸反应过来时,长虫已爬上站台,爬进了草丛里。耳爸说：

"这哪是长虫呀，这是老蛇精呀。"

耳爸有预感，长虫还会爬上屋顶。耳爸还真想对了，太阳还没落山呢，长虫又回到了屋顶上，绳子样儿缠在椽子上，时不时吐吐红信子。

这条老长虫成了一家人的心病，他们搬出了屋子。巧鸟站有一节旧车厢，很多年了，漆皮落了一半，一直也没拖走。耳爸决定全家搬进车厢。苍耳很兴奋，跟着爸爸打扫车厢。没有炕，搭了板铺，大夏天，也不冷。每扇窗子都擦了，干净又宽敞。苍耳说：

"爸，从今往后就住车厢吧，比屋子宽敞多了。"

爸爸说：

"冬天还不得冻成冰棍儿？"

苍耳想想也是，零下二三十度，不生炉子取暖，真能冻成冰棍。他又说：

"那咱们夏天住车厢，冬天搬回去住热炕。冬天长虫要避素，不会咬人了。"

耳爸说：

"你不住山上去,跟爷爷猫冬了?"

耳妈晚饭包了饺子,装了几十个让苍耳送去了巧鸟山。到山上苍耳问爷爷,有多久没有下山去了。爷爷说,六个月多了,上次还是拾了苓耳,去车站看小毛孩儿下的山。无冬历夏坐屋前的石坨子,磨得光溜溜的,光得苍蝇落上去打滑劈叉。苍耳坐个小柞木墩子,看着爷爷吃饺子,跟爷爷拉呱,说了长虫,还说了苓耳。

爷爷说:

"这家伙在屋顶上絮窝也不行呀,要是生一窝蛇蛋,孵一窝蛇出来,这屋子人住还是蛇住?还是让你爸快点去桃花池把焦九请来吧。"

苍耳说:

"我爸说了,明个儿就去桃花池请焦九。"

爷爷说:

"嗯,没有焦家人送不走的蛇。"

苍耳说:

"爷,巧鸟山离车站一胯子远,车站都有长虫,这山上咋没有长虫呀?"

爷爷说：

"原来这山上长虫很多呢，后来呀，都让焦家人赶到娘娘山去了。"

苍耳说：

"听人说娘娘山长虫多，原来是巧鸟山赶过去的呀？"

爷爷说：

"这事说来也奇着呢。"

三十五年前，要修魏塔线。

十来万人开进了大山里，分成许多个路段施工修路。铁路过巧鸟山，要挖隧道。虽说是春天了，可山里并没解冻。巧鸟山隧道刚挖个口子，岩石很硬，步步要打炮眼，爆破才行。这天挖出了两条蛇，一乌一黄。乌蛇大些，黄蛇好看。蛇还在避素，两条蛇在窝里慢慢蠕动，根本爬不了。

开山的铁道兵围上来看新鲜景，七嘴八舌地说着这两条蛇。有人用棍子把蛇挑起来，蛇还是慢慢蠕动，好像都在睡梦里。负责爆破的排长老白，安排一个叫铁钢的兵，找个暖和的窝，把蛇放进去，等天暖了，爱爬到哪儿爬到哪儿，是我们修路挖山，把人家窝给挖了。也有人提议把蛇杀了，午餐蒸蛇肉。排长老白给否了，要铁钢弄走这两条蛇，不要杀生害命。铁钢答应了排长，却不动，还在用棍子拨着乌蛇。老白说快些弄走，在装炮了，一会儿要放排炮。铁钢哼哼哈哈，正好排长要出洞去，顺手把那条黄色捉起来，装在胯兜里，带出了山洞，去找连长说话，说了半天话才想起兜里的黄蛇，正好有个向阳的石壁，有个拳头大的小洞，排长把黄蛇塞进了洞里，找块差不多大的石头把洞口掩上。一忙起来，把另一条乌蛇给忘了。

午饭前放了排炮，排长老白这耳朵精，听出差了一炮没响。搞爆破，最棘手的是遇到哑炮。这条铁路工期紧，要马上排哑炮，往里掘进。排长老白把铁钢喊过来，问谁装的炮，很久没有遇到过哑炮了。铁钢说三班装的，排长老白把三班长喊来，三班长说二十一炮有二十炮是三班装的，一炮是铁钢装的。老白转而问铁钢，为啥要替三班装一炮,你是负责打炮眼的。排长老白想到很可能是铁钢这一炮没装好。训斥也没用,必须要进去排炮。本来要带三班长进去,铁钢说他要进去,他知道这一炮在哪。本来老白是排长,可以让三班长带着铁钢去,可排长不放心,替了三班长,带着铁钢进洞排哑炮。洞里的炮烟还没散完。铁钢带道,找到他填的炮眼,果然没炸。

排长老白耳朵一动,说炮捻子还在烧,听着咝咝响。铁钢说,我咋没听到?排长说炮捻子往炮眼里烧,声音像长虫吐信子,听声炮捻子湿了。听到长虫,铁钢浑身战栗,走不动了。排长老白吼铁钢,不要怕呀,又不是头一回排炮,快往外走呀,炮响了命就没了。铁钢跟丢了魂似的。排长拽铁钢,拽不动,排长听着炮捻子声,大声说,趴下,要炸了。这时铁钢从战栗中猛醒过来,一下子把排长压在了身下。

炮就响了。

铁钢丢了命。排长老白重伤,炸丢了左小臂和右小腿。排长老白在医院里昏迷了两天,醒过来才知道铁钢没了命。事后他们才弄清为啥铁钢装的炮会哑：铁钢没有把乌蛇送出洞，他把乌蛇挑着进了洞里，正好三班在装炮药，他也要装一眼炮。装好炸药雷管，安上火药捻子，要用炮泥把炮眼堵上。铁钢没用炮泥，见乌蛇的粗细跟炮眼相当，于是用乌蛇的一段身子塞进了炮眼。乌蛇血把炮捻子弄湿了，这眼炮捻子烧得慢，才会晚响。排长老白一下子懂了，为啥他在洞里说火药捻子在烧着，像长虫在吐信子，铁钢会突然战栗。铁钢已死，没人知道铁钢为何用蛇堵炮眼。铁钢并不是心狠的人。人们都说铁钢杀死了一条蛇仙，蛇仙要了铁钢的命，只是亏了排长老白，白丢了手臂和小腿。

排长老白躺在病床上，他不这样说，他说是铁钢救了他一命，他一辈子欠铁钢的。

苍耳说：

"爷，你就是那个排长老白吧？"

爷爷说：

"爷手下有二三十号人呢。"

苍耳说:

"铁钢爷真是杀死了蛇仙,蛇仙才要了他的命吗?"

爷爷说:

"哪里是啥蛇仙索命呀,要晚进洞十分钟,你铁钢爷也不会死,爷也不会炸成个废人。"

苍耳说:

"爷,你说了铁钢爷杀蛇,还没说焦家人赶蛇呢,焦家人赶蛇跟铁钢爷杀蛇有啥关系吗?"

爷爷说:

"你别急嘛,心急吃不了热豆腐,更奇的在后面呢。"

铁钢死后不久,天忽然就热了。

巧鸟山工地上零星有蛇出没,没人多想,天暖了,山里有蛇不算怪事。有了前者铁钢杀蛇炸死,工地上没人再杀蛇,顶多把蛇抓走送到山上去。可蛇越来越多。忽然有一天,巧鸟山爬来了数不清的蛇,少说也有几百条,在隧道洞口倒挂着,咝咝吐信子。工地闹蛇灾,引起了恐慌,跟铁钢杀蛇的事搁到一块儿想。上边也重视这事，没法挖隧道，会误了工期。有胆大的说干脆放火烧山，把蛇都烧死算了。大多数人反对，他们都在铁钢杀蛇丢命的恐惧里。放火烧死蛇，还不知谁会丢命。这时有人出主意，快去桃花池请大老焦呀，焦家人会赶蛇，啥蛇都赶得走。

火速派人去请大老焦。众人在离巧鸟隧道老远的地方等，有些蛇爬上爬下，蛇身花纹全看得清楚。大老焦不在桃花池，在二百里开外修水库，他们又派了东风卡车去接，折腾到巧鸟山，已是第二天中午了。众人以为奇人必有异相，没想到大老焦其貌不扬，是一个乡下汉子，细微看腿还有点跛，最显眼的是托着一根长杆烟袋，蛤蟆烟离老远呛鼻子。大老焦一口一口狠嘬烟嘴儿，烟锅冒火。

上边人把大老焦待如上宾，要他想个对策。大老焦摸摸肚子说，还饿着呢，肚子瘪着，长虫欺负我，赶不走。有人给大老焦弄来吃喝，稀罕货，鱼罐头和牛肉罐头，大老焦不喝酒，吃了五个馒头、两盒牛肉罐头、一盒鱼肉罐头。吃完了先把蛤蟆烟装一锅，坐在帐篷里慢慢吸,听人说前前后后。从铁钢杀蛇堵炮眼排哑炮炸死,到洞口闹蛇灾都说了。吸完一锅烟,大老焦在鞋底上磕烟灰,捂着肚子站起来,问老白把那条黄蛇弄哪去了?有人知道,给大老焦带道,找到那个石窝子,石头早掉了,大老焦没看石窝子,闻了闻石壁,说爬走了,估摸着爬去洞里了。不把黄蛇请走,那些长虫赶不走。大老焦又问此地哪有山洞,众人找了本地人询问,本地人说远处画眉山有一个山洞,在山顶上。

大老焦往隧道口走去,洞口、地上、石壁上蛇爬来爬去,老远听得见吐信子声。大老焦没事人似的走过去,众人远远看着,替大老焦捏一把汗——那可是蛇群呀。大老焦走到洞口,又装了一袋烟,嘬几口就进了洞。没人知道大老焦进洞后干了啥,洞里连光亮都没有,黑咕隆咚的,遍地碎石。大老焦进去很久,估摸有一个小时,才从洞里出来。洞外的蛇唑唑叫唤,再看大老焦挥舞着长杆烟袋,正驱赶着地上的一条黄蛇,正是那天排长老白送走的黄蛇。几千人的工地没人说话,只有大老焦叨叨咕咕,黄蛇听话地在地上爬。洞外的群蛇纷纷躁动,有些蛇跟在大老焦身后爬。

大老焦半天一夜不住脚,把黄蛇赶上了画眉山。当然大老焦要跟着黄蛇爬。以大老焦的速度,从巧鸟山走上画眉山,有个把小时够了。蛇群慢慢找到了爬行方向,跟着大老焦上了画眉山。

没人敢跟着大老焦,也不知他把黄蛇赶进洞后做了啥。后来人们问他,他也不说。大老焦说铁钢杀死的乌蛇是巧鸟山的蛇公,黄蛇是蛇母。当然不是说巧鸟山蛇都是这两条蛇的孩子,乌蛇是这些蛇的蛇王,黄蛇是蛇娘娘。蛇王让铁钢堵了炮眼,黄蛇回洞找乌蛇,没找见,嗅到了蛇血,召集了群蛇来复仇。洞里放炮,散漫着硫黄味,蛇怕硫黄,所以聚在洞口,嗖嗖叫着,不敢进去。众人听得呆了,忽然想起蛇群进不得山洞,为何黄蛇进得?大老焦嘬着烟锅说,人家那是进洞找自个儿老头儿的,还哪管得了硫黄烟硝。众人又问蛇群会不会还爬回来,比如夜里爬回来咬人?大老焦说我焦家人赶走的蛇,还没有爬回来的,不仅不会爬回来,巧鸟山再也不会有蛇了。

苍耳说：

"爷，你真信大老焦说的，乌蛇和黄蛇是蛇王和蛇娘娘吗？"

爷爷说：

"大老焦来赶蛇，我在医院里，没有见到大老焦。大老焦赶蛇我是后来听人说的。动物群里也有王，蜜蜂有蜂王，鱼群有鱼王，狼群有狼王，一群鸡也有一只头鸡，一片树林也有树王，蛇群也该有蛇王吧。"

苍耳说：

"巧鸟山再也没有生过长虫吗？"

爷爷说：

"我在这山上几十年了，还没有见过一条。画眉山上那个山洞，后来叫成了娘娘洞，再后来叫成了娘娘庙，画眉山叫成了娘娘山。别处的娘娘庙供着送子娘娘、三霄娘娘、王母娘娘，画眉山娘娘庙供着蛇娘娘，这方圆几十里，不少人家都供黄娘子，咱这一带也没人杀蛇。"

苍耳说：

"我想起来了,我跟我妈去巧鸟屯买鸡,看到郭奶奶家就供着一个牌位,写的是黄娘子。黄娘子这名儿可真好听。"

爷爷说:

"传说里有白娘子,就不兴画眉山有个黄娘子?"

巧鸟山闹蛇灾,大老焦赶蛇,娘娘庙,黄娘子……听了爷爷的讲述,苍耳开始期盼焦九的到来。焦九是大老焦的儿子。苍耳在心里给焦九画像,三头六臂,像极了土地庙里的地神。苍耳没去过别的庙,只在南桥见过一回土地庙,土地庙里供着石像,黑黢燎光的一张脸,脸上都是麻子。麻坑是石像风化出来的,苍耳却说土地爷长了个麻子脸。长虫在地上爬,地上的事都是土地说了算,焦家人都能赶蛇,想必也该长得像土地爷。

8

耳爸请来的赶蛇人,不是大名鼎鼎的焦九,是一个黑不溜秋的泥孩子。耳爸说这是焦九的儿子,叫泥鳅。

泥鳅站在站台上,两条细腿从肥大的裤衩里伸出来,瘦骨伶仃地在地上一叉开,像农民翻草用的两股叉子。腿上有疙里疙瘩的疤痕,除了皮和骨头,找不见哪里有肉。脚上穿着趿拉板儿,一只蓝色,一只红色。因为瘦,戴着草帽圈子,头显得大。眼睛倒是很亮。

耳妈也怀疑这个黑孩子,看不出他有赶蛇的本事。耳爸说:

"焦九去沈阳打工去了,泥鳅也会赶蛇。你看他长得黑不溜秋的,像不像一条泥鳅?"

耳妈说:

"哪里是像泥鳅,简直就是一条泥鳅。"

他们去屋子里找蛇,长虫不在,不知藏哪去了。泥鳅嘻嘻笑了,耸了耸鼻子,咕噜了一口痰,说:

"它不在屋里了。"

泥鳅来到屋外,折了根粗点的艾蒿,拿在手上甩了甩,甩起来还称手,然后趴在草稞里,鼻翅不停地扇动。苍耳一家大气都不敢喘,看着这个黑孩子,在草稞里耸着鼻子找来找去。找到站台上的大槐树下,泥鳅把鼻子贴在树干上,一直往上闻,他嘿嘿笑了,指了指树上说,长虫在树尖上缠着呢。

泥鳅真是个奇人。

泥鳅站在树下,喉咙里咕噜几声,敲着槐树的老皮,对着长虫喊:

"下来,下来,你给我下来。"

苍耳差点没笑出来,长虫又不是人,哪里听得懂人说话。从前苍耳闲来无事爬树玩,他爸站在树下,就是这么喊他下来的。

奇迹却发生了,长虫顺着树干真的爬了下来。苍耳气都喘不出来了,脖子像被长虫缠着。长虫爬到了树根儿,泥鳅挥了挥手上的青艾蒿,又喊:

"老实点儿,老实点儿。"

长虫真不动了。

泥鳅说:

"往前接着爬,爬呀。"

泥鳅喊蛇的样子,像警察喊一个犯人。

长虫摆了摆头,扭动着身子往前爬,泥鳅用艾蒿拨一拨,调整一下长虫爬行的方向,让它往屋后那边爬去。泥鳅几乎不做什么,只是偶尔挥舞几下艾蒿,拨一拨蛇头,直把蛇赶向了响水河子。

苍耳和爸爸在后面跟着,大气也不敢喘。泥鳅挥舞着艾蒿,像羊倌赶着一只羊。他也不催,偶尔吹几声口哨。长虫翘着脑袋往前爬。爬到响水河子边,长虫停下了。泥鳅喊:

"爬过去,爬过去。"

长虫乖乖地爬过了槐树桥。到了河对岸,泥鳅把长虫赶到草稞边上,把蛇头拨向了草稞,喊:

"走吧,走吧,别回来了。"

长虫爬进草稞不见了。苍耳站在桥上看得真真儿的,都不相信这是真的了。泥鳅走上槐树桥,把赶蛇的艾蒿丢进了河里。艾蒿飘在水上,往下游流去了。泥鳅褪下大裤衩,往河里尿了一泡尿。

往回走的路上,苍耳偷着看泥鳅的手,除了黑瘦之外没什么特别的。肥大的裤衩走路带风,趿拉板儿趿拉趿拉响。

没有回去的车，泥鳅要住在巧鸟，第二天再坐4256次列车回桃花池。吃过晚饭，苍耳和泥鳅坐在站台上，叽叽咕咕说到很晚。耳爸主张睡车厢，泥鳅说长虫是不会回来的，坚持要睡屋子里，苍耳跟泥鳅聊热乎了，也要一块睡屋子。

屋子里黑黢黢的，苍耳有些后悔跟泥鳅睡屋子了。不知道长虫会不会从屋顶上爬下来。苍耳越想越觉得长虫会回来，把耳朵支棱起来听屋顶，有没有咝咝吐信子，或者蛇在墙壁上爬行的声音。长虫始终没有出现，可苍耳很久也睡不着。苍耳胡思乱想起来，以为身边睡了一个神秘人，或者泥鳅干脆就是一条黑蛇。苍耳从对长虫的担忧，变成了对泥鳅的担忧。

钟敲过十二点了，苍耳还是大眼瞪小眼。这时他想仗着胆子摸一摸泥鳅，看看他是不是一条长虫。苍耳给自己打了半天气，把手偷偷伸了过去。还好，他摸到了泥鳅干巴巴的肋骨，一起一伏的肚子，悬着的心才放了下来。看了一会儿黑乎乎的屋顶，没有听见咝咝声，苍耳也放心地睡着了。

苍耳没有梦见蛇,但他梦见了爷爷屋后的大柞木树。爷爷抱着柞木树在哭。爷爷哭苍耳也哭,只觉得胸口有寒凉爬上来,耳边似有沙沙声,苍耳打个激灵就醒了,以为长虫爬了回来,爬上了他的肚子。不是长虫,是泥鳅的胳膊搭在了苍耳的肚皮上,泥鳅的手臂跟蛇一样又滑又凉。响动儿来自玻璃窗,唑唑沙沙,不是蛇,是下雨了。

第二章

种树记

往年九月下旬才收柞栎果子，今年刚进九月爷爷就喊苍耳去柞木林帮他收柞栎果子。一天又一天，从早收到晚，柞栎果子收得太多了，盛柞栎果子的布袋子快把小屋子的地堆满了。

苍耳累得直不起腰了，其实他也没干啥，就是给爷爷递个布袋子，陪爷爷说说话啥的。别看爷爷身残，这么多年练得身手灵活麻利。前几年爷爷腿上装了假肢，走起路来有时苍耳都撵不上。苍耳坐在地上放赖，他说爷呀别收了，这些果子够你种的了。爷爷说不够不够，我今年要回柞木沟。苍耳愣住了，以为听错了，他说爷呀，你说啥呀，要回柞木沟？怪不得你要早早采摘果子。爷爷说，我想跟你爸商量商量，回一趟柞木沟，这满山的柞栎树啊，都是柞木沟老屋后老柞栎树的孩子。苍耳说爷爷你又来了，你是不是又要说我太爷爷了？爷爷说不说不说，反正还要采两天才行。苍耳说爷你回柞木沟，带上我吧，我跟你回柞木沟去。你要不带上我，我就不帮你收果子了。

苍耳爷跟耳爸说了，想回柞木沟。这完全出乎耳爸的意料，前些年耳爸跟父亲说过，回柞木沟去看看，也给苍耳太爷爷扫扫墓。苍耳爷没有回去，只是种树。掐指算来，耳爸离开柞木沟三十六年了。苍耳爷最后一次离开柞木沟，算来也有三十七年。苍耳爷不提起来，耳爸不会有回去的念头，这么一提起来，耳爸也想回柞木沟看看呢。

苍耳爷看着柞栎树下的坟包，对自己的儿子说：

"过不了多久，我也要到坟里找你妈说话去了。"

耳爸明白父亲为啥忽然想回柞木沟看看了，人老了，无论在外有多远，都想回一次老家吧。

苍耳爷说：

"这回回去，在柞木沟北高坡上，你爷的坟边种几棵柞木树，再过些年月，柞木沟也能有一片柞木林了。"

耳爸为回柞木沟做着准备。要抓紧些才行,老家塔河快进雪季了。耳爸跟上边请了假,让苍耳的一个表姨来站上住几天,给耳妈做个伴儿,耳妈替耳爸接送几天车。

从六岁那年起,每年的秋天,苍耳都要随爸爸来柞木林,帮着爷爷采柞栎果子。也是从那年起,苍耳每年都能听到爷爷叨念遥远的柞木沟。爷爷说柞木沟在大兴安岭深处,塔河县,黄桑镇,原来不叫柞木沟,也没有一棵柞栎树,叫荒岭沟,只有零星几棵白桦和山杨树。

说到柞木沟,爷爷会跟苍耳说起太爷爷,爷爷说:"你太爷爷从易县洪崖山逃荒出来,一个人下关东在荒岭沟落脚,用一包从洪崖山带来的柞栎果子,一年又一年地种,种出了一个柞木沟。咱家老屋后有一棵大柞栎树,老大老大的柞栎树,是你太爷爷亲手种下的。后来你爸出生后,你太爷爷用柞栎给他起了名字。当年在柞木沟,没人叫你爸柞栎,都喊他栎子。"

苍耳说:"爷你给我说糊涂了,啥爷爷又太爷爷的,谁跟谁呀,我都理不清了。"爷爷说:"你理不清,我给你理一理：栎子是你爸爸；我是栎子的爸爸，是你的爷爷；我的爸爸是你爸爸的爷爷，是你的太爷爷。"苍耳说："爷你别理了，不理还好些，你这一理更乱了，脑瓜子乱得嗡嗡的。"爷爷咧着嘴笑了，他的门牙少了一颗，看上去豁牙露齿的。苍耳说："爷呀，你还是说点别的吧。"爷爷眯缝着眼看着他的柞木林，这是他的田园，半晌吧嗒了下嘴说，说点别的就说点别的，爷给你说说种树吧……

1

栎子十二岁那年，当铁道兵排长的爸爸修隧道排哑炮受了重伤，在医院里躺了四个月，栎子妈陪了四个月。栎子在远乡舅舅家住了四个多月，那时栎子爷去世三年了。本以为栎子爸的命救不回来了，还好，他命大。本来作为伤残军人，可以复原回老家去，栎子爸坚持要回到巧鸟，他说要在巧鸟陪伴铁钢。铁钢埋在了巧鸟山上。

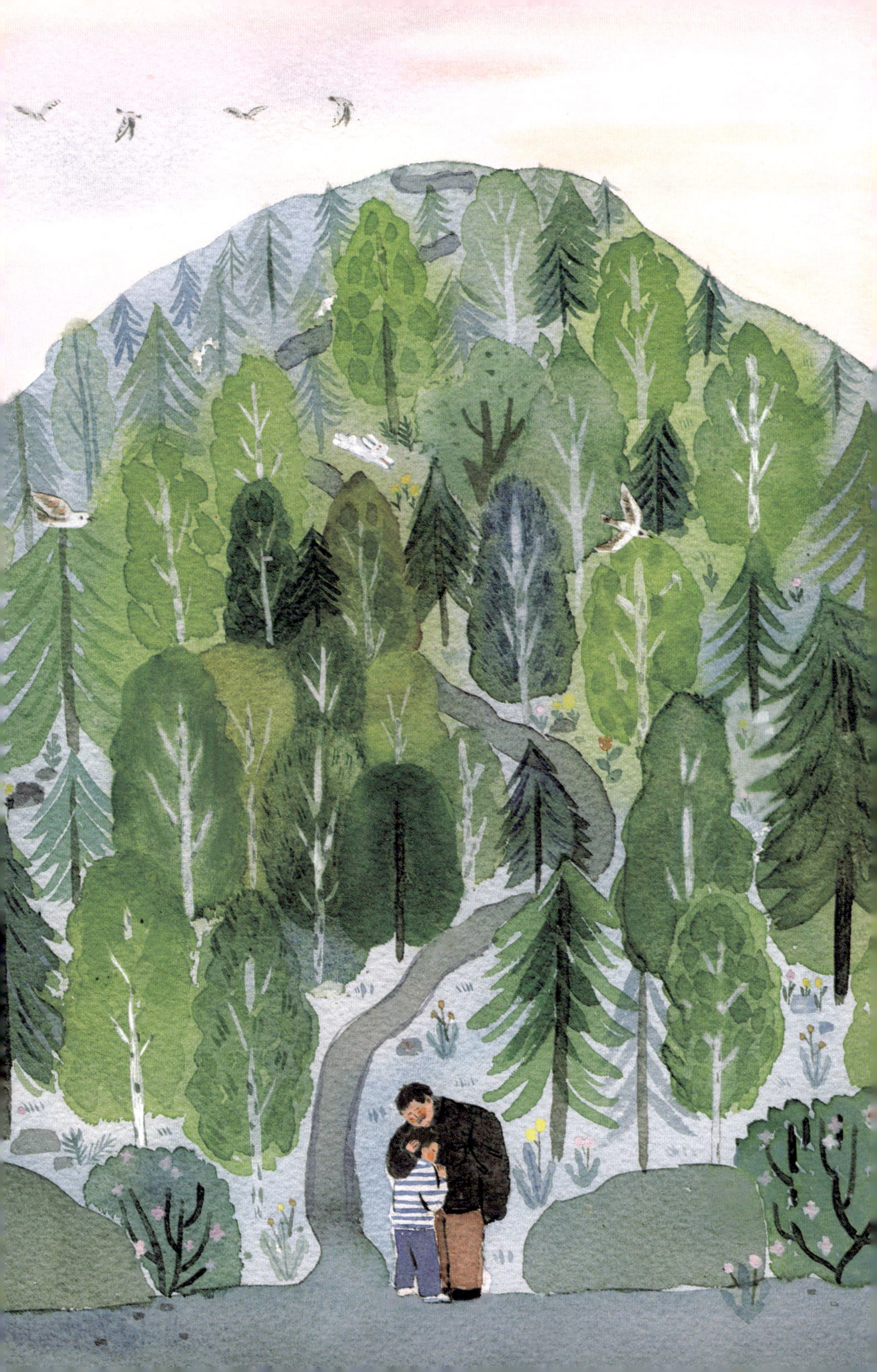

栎子爸再去巧鸟山,
当他看到这条蚯蚓一样弯曲通往山顶的小路时,
他心疼地看着自己十三岁的儿子,
嘴唇翕动,泪水涌出,
用单臂紧紧拥抱了儿子。

栎子爸回到巧鸟时,巧鸟隧道打通了,魏塔线也刚刚通车。栎子爸和栎子妈坐着新火车,来了巧鸟车站。车进巧鸟山隧道时,栎子爸突然大哭,栎子妈看着栎子爸哭,不知怎么安慰他。

安顿好栎子爸,栎子妈回了老家,从栎子舅舅家接走了栎子,又回柞木沟取了些旧物。栎子想给爸带点什么,想了又想,还是想不出带点啥好。后来他看到了屋后的大柞栎树,爬上去,摘了一大捧新熟的柞栎果子,装在书包里,和妈妈坐了两天的火车,从满山白桦、山杨和柞栎树的柞木沟,来到了荒山秃岭的巧鸟。

栎子爸不想回乡,除了要在巧鸟陪伴死去的铁钢,还有,他不想让乡亲看见他残疾的样子,还有他那布满瘢痕的脸。栎子爸复原在家养伤,栎子妈在巧鸟车站做了一名售票员。

栎子一家住在两间简易房里,房子是筑路队建的。栎子爸整天关在屋子里,一句话也不跟栎子说。栎子喊爸爸,爸爸像没听见一样。白天,妈妈去上班,嘱咐栎子帮着爸爸上厕所,给爸爸做饭吃,给爸爸喂水喝。可栎子伸手要帮助爸爸时，总是遭到爸爸冷漠的拒绝，爸爸甚至还会对他怒目而视。栎子心慌，这不是他熟悉的爸爸。

栎子回想爸爸在受伤前，体壮如牛，真的能撂倒一头小牛。他来到巧鸟，看到的爸爸不只是肢体残缺了，还骨瘦如柴。栎子心疼爸爸。妈妈说爸爸的心很苦，栎子也知道爸爸心里苦，可又不知道咋能让爸爸快乐一些。一天夜里，半睡半醒的栎子，听见妈妈和爸爸在说话。妈妈说，景春，你心里苦，要是难受就骂我一顿，但对栎子，你要笑一笑。

一天栎子翻书包，从柞木沟摘来的柞栎果子撒了出来，噼里啪啦的，一个一个棕色的椭圆的果子在地上跳来跳去。本来这些果子是栎子带给爸爸的礼物，来到巧鸟看到情绪糟糕的爸爸，这捧柞栎果子一直放在帆布包里，没敢拿出来。若不是翻书包意外散落出来，栎子都把这些小果子忘记了。

栎子爸正闭着眼坐在炕上，听到柞栎果子落地的声音，他睁开了眼，盯着满地的小果子。栎子刚弯腰捡起

一个柞栎果,看到爸爸的眼神,便不敢再捡了,手一松,那个柞栎果又掉在了地上。爸爸喉咙里含着冰似的说:

"哪来的?"

栎子忐忑不安,不知爸爸话里的意思,不知爸爸会不会突然对他发怒。栎子说:

"从老家屋后的老柞木树上摘的。"

栎子木然地在地上站着,手心还用力攥着,其实手心里空无一物。爸爸没再说话,往炕下挪,栎子不知道该怎么做,不知道要不要去帮他一下。爸爸一条腿跪在地上,用单手把柞栎果子一个一个捡了起来。捡了十来个,柞栎果子占满了爸爸右手的手掌,他再也没法捡下去了。

爸爸看着栎子,他似乎也不知道该咋办了。栎子愣了一会儿,把柜子上的一只铝饭盒轻轻放在了地上,生怕弄出一些响动,惹出爸爸的火气来。爸爸这时候跟他发火,栎子会伤心地大哭起来。爸爸把手上的柞栎果放到了饭盒里,柞栎果把饭盒敲得啪啦啪啦响。余下的柞栎果,爸爸又一个一个地捡,捡一个就往饭盒里一丢,绿皮盒子和盒子里的柞栎果子碰撞,发出啪啦的一声。

栎子傻愣愣地站着,看着爸爸捡完最后一个柞栎果子,一只手端起饭盒,把它放在墙角的破沙发椅上。爸爸看着栎子,忽然说:

"二十一个。"

栎子心慌着,点了点头。他看见爸爸说话时,嘴唇之间白色的黏液拉成了丝。一张粘住许久的嘴巴张开了。栎子再也绷不住了,哭得稀里哗啦的,他太委屈了,抹着眼泪说:

"爸,你终于跟我说话了。"

2

整个冬天,栎子爸都在炕上枯坐,用右手摩挲着二十一个柞栎果子。一个个柞栎果子被他满是疤痕的手掌心揉搓得油光发亮,像一颗颗珍贵的文物珠子。有了柞栎果子之后,爸爸不再拒绝栎子的帮忙,但还是轻易不肯跟他说话。

这年的春天，爸爸突然说要去巧鸟山，栎子以为清明节快要到了，爸爸要去巧鸟山上看铁钢叔叔的坟。爸爸却说：

"我去巧鸟山上种柞栎树。"

栎子来到巧鸟六个月了，这是他第一次和爸妈一起出门。走到巧鸟山下，没有路上山。栎子弯下腰，说：

"爸，我背你上山吧，你看我长得有多强壮，我背得动你。"

爸爸又一次拒绝了他，坚持自己爬上去。栎子只好在前面拨开荆条棵子，把一块块绊脚石踢开，妈妈留在爸爸身后，随时扶住可能摔倒的爸爸。巧鸟山不高，栎子一家爬了一个多小时。爸爸的衣服被剐破了，胳膊上还剐出了血道子，出了好多血。栎子心疼。

见到铁钢的坟，爸爸失声痛哭。妈妈不住地劝解，爸爸好半天才止住泪水。爸爸指着坟旁边的地方，用树枝画了个圈，对栎子妈说：

"哪天我要是死了，把我埋在这儿吧，记住就埋在这儿，跟铁钢做个伴儿。"

爸爸用独臂挥动镐头刨土,把溜光发亮的柞栎果子埋下去。一个上午,二十一个柞栎果子都种在了巧鸟山上。一家人坐在山坡上歇着,看到斜对面画眉山上的杏花开了,爸爸突然说:

"咕咕鸟该叫了。"

栎子听爸爸说起咕咕鸟,他拢着嘴巴,学起了咕咕鸟叫。

"咕咕……咕咕……咕咕……"

爸爸没说栎子学的是不是咕咕鸟,他自己拢起了嘴巴,学起了咕咕鸟叫。

"咕咕……咕……咕咕……咕……"

爸爸说:

"你学的是布谷鸟叫,我学的才是咕咕鸟。咕咕鸟是大兴安岭的鸟,是柞木沟的鸟,不是哪里都有的布谷鸟。"

在巧鸟山上,栎子跟爸爸学起了咕咕鸟叫。栎子来巧鸟后,头一回看到爸爸有这样的笑。栎子故意学错,让爸爸给他纠正。爸爸只好一遍一遍地学咕咕鸟。在一边看着的妈妈，泪流满面，背过身去，心生欢喜。

种下了柞栎果，栎子和爸爸开始等雨。可雨羞羞答答的，迟迟不肯来，有几天春雷响过了，天也阴成了黑锅底，雨依然没有落下来。栎子偷着想好了主意，每天很早起来，悄悄提着小水桶，从响水河子里打水，又跑到巧鸟山上，给种下的柞栎果子浇水。二十一个柞栎果子，种在了十三个坑里，栎子浇了三天才浇完。然后他又从第一个土坑开始浇一轮，又浇了三天。栎子胳膊和腿酸疼，但他偷着笑，柞栎果子能发芽，爸爸会快乐不少。

一场春雨，在十几天之后姗姗来到。爸爸看着飘飘洒洒的春雨，嘴上念念叨叨，生怕柞栎果过了发芽期。雨后的第三天，栎子偷偷跑到巧鸟山，小心地拨开一个土坑，看到了土层下柞栎果长出的白芽。栎子又盖上了土，心怦怦跳，跑回了家里，但他还是忍住了没说，等柞栎苗长出来，爸爸看到会是天大的惊喜。从那以后，他每天都会跑到巧鸟山，直到有几棵柞栎苗破土而出。

爸爸要到巧鸟山看种下的柞栎，想起要爬山，栎子心疼死了。爸爸不要别人帮忙，爬一次山，差不多要被剐得遍体鳞伤。爸爸要去，栎子小心护着。还好，爸爸不像上一次上山那样完全拒绝他的帮助。他们又一次登上了巧鸟山。爸爸看到了破土的柞栎树苗，焦虑了许多天的心情，一下子好了起来。爸爸说：

"栎子，爸要好好侍弄这些柞栎苗，让巧鸟山上长满柞栎树，像你的爷爷生生把荒岭沟种成了柞木沟一样。"

栎子背着爸爸，在巧鸟山隧道口附近，用去了三天，用镰刀割出了一条路，通到巧鸟山上，把大大小小绊脚的石头全搬开，不平的坑洼之处填上新土。

一周后，爸爸再去巧鸟山，当他看到这条蚯蚓一样弯曲通往山顶的小路时，他心疼地看着自己十三岁的儿子，嘴唇翕动，泪水涌出，用单臂紧紧拥抱了儿子。

二十一个柞栎果，只长出了十五棵柞栎树苗，但这足以让栎子和爸爸激动不已。后来又有两棵柞栎树苗长了出来，之后再也没有新的树苗了。十七棵柞栎树苗，栎子爸每天都来看它们，还割了些圪针刺，每个树坑都用圪针刺罩上，这样既能使柞栎树苗晒着阳光，也能挡住山鸡兔子来啃咬树苗。

小站到巧鸟山，有近三里路，一来一回，每天栎子爸都会很乏累，回到家便疲惫地躺在炕上，连饭也不想吃。一年前的大伤，让栎子爸伤了元气。栎子心疼爸爸，他说：

"爸，你隔几天去看一回树苗吧，每天都去看你会累坏的，你放心，我每天都去看一次，我腿脚灵便，跑得快。"

爸爸还是不放心，但没有完全拒绝栎子，他决定隔天去看一回。别看春旱，整个夏天雨量丰沛，草树长势丰茂。栎子跟爸爸把树坑边上的草稞子割掉，培出一个积水的树坑，给柞栎树苗腾出生长的空间来。到了树枯草黄的秋天，有七八棵树苗长到了栎子的脚脖子一般高。爸爸说：

"总有一天，它们都会长到跟老家屋后的老柞栎树一样高。"

栎子说：

"爸,再过些年,巧鸟山上就会有一片柞木林了,我们就又回到柞木沟了。"

3

要过大年了。这是栎子在巧鸟过的第二个年。

栎子妈想把这个年好好过一下,上一个年栎子爸情绪低落,一家人连顿饺子都没吃。腊八这天,妈妈煮了锅腊八粥,栎子喝了一碗,爸爸喝了两碗。心情好了起来,爸爸食量也跟着大了,身上也有了些肉。

当他们看见巧鸟山上飘起的浓烟时,山火已经烧得很大了。栎子爸来到门前的篱笆小院里,看到了巧鸟山上冲天的火光,他发了疯似的,沿着铁路往巧鸟山方向走。拐杖头在石头上笃笃笃笃地敲着。栎子说:

"爸,你要去哪儿呀?巧鸟山着火了,山火一会儿就烧过来了。"

栎子跟妈妈撵上去,一边一个,死死地抓住爸爸。爸爸想要挣开栎子和栎子妈,栎子死活搂住爸爸的后腰。妈妈扯着爸爸袖筒喊：

"景春，你回去，山火会烧了你，你快回去呀。"

爸爸嘶喊：

"我的柞栎苗，还有铁钢的坟，它们要让火烧了。"

妈妈带上哭腔：

"景春，你不要胡来，山火快要烧到山顶了，等你走到了巧鸟山，早烧没了，你还得把命搭上，风往我们这边刮，火还会往我们这边烧，我们快带上栎子躲一躲吧。"

桑树岭离巧鸟不到三里，岭下有座部队工厂，因为修魏塔线铁路，所以山里有几座这样的工厂。设巧鸟站，也是因为桑树岭工厂。厂里担忧火势会烧过画眉山，烧到桑树岭，组织了几百人的救火队，来巧鸟山灭火。灭火队阻止了火头往画眉山上烧，这样火头一个劲地顺风往巧鸟站这边烧过来。灭火队从山上分出来一支小分队，来保护巧鸟站。

山火没有烧了巧鸟站，但栎子一家住的简易房遭殃了，虽说没有着起大火就被灭掉了，但屋子没法住了，屋前扎出的木篱笆连个影子都没了,全烧成了灰。刚刚在异乡建立起来的新家,在一场山火中彻底毁灭了。若不是行李、炊具先于山火到来之前抢救了出来,他们会一无所有。

栎子和爸妈住进了小站里,原来的车站有两间,一间售票室,一间候车室,候车室拨给了他们一家居住。车站把候车室跟售票室合二为一。在候车室外,栎子帮着妈妈搭了一个小木棚子,当作他们的灶间。

查来查去得出结论,起火原因可能是列车上的乘客吸烟,把烟头丢在了窗外,引燃了路基两边的柴草。结论是可能,谁也无法确定。至于谁丢了这个烟头,更是无处查找。栎子一家不关心谁引燃了山火,他们要尽早重新安顿下来,再有二十来天就过大年了。本来简易房里也没有多少家具,只有一个破沙发,也是筑路队遗留下来的。本来就破,加上烟熏火燎,没法要了。不过有没有一个破沙发,没那么紧要。栎子帮着妈妈归置新家,三五天也安顿好了。

火完全灭掉的第三天,栎子陪着爸爸上了巧鸟山。

山上焦黑一片，只剩一些刺槐树烧得半焦黑的粗干，还有一个黑色的大土馒头。十七棵柞栎树新苗，连个灰影都找不见，只有树坑积了一坑灰。爸爸坐在焦土上，沮丧至极，脸如瓦灰。

栎子恨透了这场大山火，但恨是不管用的。爸爸因为种出了柞栎树苗，从伤残的痛苦中走出来，又因为柞栎树苗被烧死，心情再次陷入了深谷。栎子回到简易房前，推开屋门走了进去，他想一个人在这间破败的屋子里躲一躲。这是他来到巧鸟的第一个家。屋子里黢黑一片，屋顶塌了一个窟窿。破沙发还在屋角放着，落满了火灰和房土。

栎子忽然想起个事，他从老家树上摘下的柞栎果子，一共有二十二个。这个数字他记得很清楚，在来时的火车上，不止一次数过，二十二个，没错。但爸爸数出来的是二十一个，种下的也是二十一个果子。爸爸捡起柞栎果子那天，由于慌张，他没把这个数字往心里去，二十一还是二十二，没有多大区别，他简单地以为，或是自己数错了，或是在火车上弄丢了。现在二十一还是二十二,不一样了,如果是二十二,这屋子里应该还有一个柞栎果子。

他这回在空房子里想了起来,不是二十一,是二十二。栎子有了一个期望:第二十二个柞栎果子,那天散落在地上后,滚到隐蔽的地方,没有被捡起来,它还在屋子的某个角落里藏着。栎子看看屋子,一年来,这个屋子被打扫过无数回,只有破沙发从没有挪开过。

在挪开破沙发前,栎子呆愣了好长一会儿,他怕沙发底下除了尘土外,没有棕色的椭圆的柞栎果。

沙发一点一点移开,栎子一寸一寸地看。终于,在屋角的地基石缝里,他看到了一个棕色的柞栎果。栎子把柞栎果抠出来,来不及拍掉裤子蹭上的灰,他捧着柞栎果子,一路喊着跑回了小站的家里。

当栎子把柞栎果子捧给爸爸时,他的爸爸还没反应过来。栎子囫囵半片地把这第二十二个柞栎果子的来由说了。爸爸接过来,把玩在手上,一句话也没有。栎子就那么看着爸爸,看着他把柞栎果子揉搓得油光发亮。

好久,栎子听见爸爸说:

"栎子,你说我们能用这个果子再种出一棵树苗吗?"

栎子的情绪一下子又绷不住了,像一年前在小房子里,爸爸端着盛有二十一个柞栎果子的铝皮饭盒子,主动跟他说了话之后一样,栎子哇一声哭出来,鼻涕、眼泪滚了半天,他说:

"爸,会的,一定会的,我们只要种出了一棵柞栎树,我们就会有一大片柞木树。"

4

栎子在山坡上找到个缸底儿,大约是修路队腌咸菜用的,谁打碎了就丢掉了,一直倒扣着趴在山坡上,栎子看到过它,一直记着这个缸底儿。栎子和爸爸在草稞里挖了土,盛进缸底儿,把第二十二个柞栎果埋在了土里,然后浇足了水。

栎子开始了焦心的等待。爸爸的情绪还是时好时坏。缸底儿放在窗台上晒太阳,到了晚上放在热炕上。

能不能种出树苗来,栎子一点底也没有。在巧鸟山上,二十一个柞栎果,种出了十七棵树苗,有四个柞栎果没有发芽。这个果子算下来,已是陈年种子,发芽的可能性降低了不少,还有简易房外的山火,有没有烤到它还是个未知数,若大火烤到了它,这个果子就不再是生的,发芽的可能性更小。栎子心神不安地看着缸底儿,不知道埋下的是第十八个发芽的柞栎果,还是第五个不发芽的柞栎果。

栎子病了,就是发烧。妈妈带着他去桑树岭工厂医务处。打了针吃了药,烧退了一些,但栎子还是蔫蔫儿的。医生说这孩子是有内火,心事大,心事没了,病自然就好了。栎子的心事当妈的当然懂得,他惦记着爸爸的心情。当天晚上妈妈把医生的话跟栎子爸说了。第二天从厂子医务处回到巧鸟站,栎子爸站在站台上等着妻儿,用单臂搂住了栎子。爸爸说:

"栎子,爸爸好起来了,你也要好起来。"

栎子看着窗台上的缸底儿,他在心里说:

"柞栎果呀柞栎果,你快发芽吧,长出一棵柞栎树苗，我的爸爸就会高兴得像过年似的。"

柞栎果没有长出树苗来，可爸爸真的振作了起来。爸爸在尝试着用单手劳作，比如抡起斧头劈柴、帮栎子妈添火、打扫屋子。栎子看着爸爸心疼，每次他想帮爸爸，爸爸都推开他。但这个推开，跟之前那个推开不同。妈妈对栎子说：

"让你爸自己来吧，他想自己来。"

最让栎子快乐的，是爸爸能和他一起看着缸底儿，一看一个上午，快乐地等着长出一棵柞栎树苗。栎子妈看着这爷俩，心生欢喜，在心里说：

"这个老的，倒像个孩子。"

桑树岭下的工厂突然不生产了，所有的职工都被调走了，去了百里外的另一座工厂，只留下一个人守厂院。光搬家就搬了半个月，半个月里巧鸟站空前热闹，连晚上都是热火朝天。工人搬走后，巧鸟站无比地沉寂了。桑树岭厂荒废了。巧鸟站没有了那么多乘客，原来有四个职工，刚出正月被调走了三个，只剩下栎子妈一个人。热闹了没有两年的巧鸟站，一夜之间成了魏塔线上最小的车站。突然而至的沉寂，非但没有让一家人失落，相反一家人很兴奋。一下子，巧鸟站成了他们一家子独享的家了。

柞栎果子种下去五十一天，栎子一天一天数着呢，缸底儿里的土皮还没有破开。他快对这个果子失去信心了。爸爸看出了栎子的担忧，他对栎子说：

"再等等吧，柞栎果子冬天种下去，在土里发芽，但不会长出来，到了春天才会破土。"

栎子说：

"真的吗？"

爸爸说：

"当然，柞木沟都是你爷种出来的，爸比你还小的时候，跟着你爷在大山里种柞栎树。"

栎子信了爸爸，爸爸太了解柞栎了。

他们依然快乐地守着缸底儿。

在种下柞栎果的第六十七天，天气刚刚转暖，缸底儿的土皮翘起了拇指大的一片。爸爸指给栎子看，栎子说：

"爸,这土皮下真的是柞栎苗的芽吗?"

爸爸说:

"这不是一个小芽,这下面长着一棵老大老大的柞栎树。"

栎子想把土皮抠下来,爸爸制止了他,说:

"只有让芽自个儿破土,长出的苗才壮实,才会长成大树。"

在等待了一个冬天后,十四岁的男孩栎子,终于等来了一棵柞栎树苗。树苗顶开了土层,他看到了两片浅绿色的嫩芽,他跟爸爸说:

"爸爸,我们现在有了一棵柞栎树,柞栎树结了果再种小柞栎树,一年一年种下去,巧鸟山上就会有老大老大一片柞木林了。就像我们有了一只鸡,鸡下了蛋我们不吃,孵小鸡出来,小鸡养大了,再生蛋,再孵小鸡,我们就会有一个老大老大的养鸡场,巧鸟山都养不下这么多鸡。不过柞栎树不一样,种出再多的柞栎树,巧鸟山也长得下。"

爸爸说:

"栎子,你说得对极了,柞木沟就是你爷这么种出来的。"

5

在栎子和爸爸用仅有的一个柞栎果,种出柞栎树苗的第二年的清明节,巧鸟山上来了五个人,他们要给铁钢烈士迁坟,把他的坟迁进大黑山烈士陵园。栎子爸那天很早去巧鸟山祭奠铁钢,栎子也在山上,正用铁锹给坟填些新土。来人说要迁坟,栎子爸趴在坟上,不让来人挖。县里来的工作人员知道栎子爸是个伤残军人,挖巧鸟隧道受了伤,这坟里埋葬的铁钢曾是他手下的兵。来人说:

"我们来这里迁坟,是县里开会定下的,修这条铁路牺牲的人都是英雄,县里要把他们迁进大黑山烈士陵园安葬,我们不能让烈士埋在荒山野岭里。"

栎子爸说:

"咋能说是荒山野岭呢?有我给铁钢修坟,我会常来看他，你看他的坟上有一根草没有？没有吧？我还要把这座山种成一片柞木林。铁钢是我的兵，我没有护住他，他炸死了，我还活着。你们把铁钢留在巧鸟吧，我欠他一条命，我给他修坟，保证不让他的坟上长一根草。有我陪着铁钢，他不孤单，他愿意让我陪他。"

来人苦口婆心地劝说，因为栎子爸是重伤残军人，来人也不太敢硬来。可是来人磨碎了嘴劝说，栎子爸就是不听。来人看看时间，这么耽搁下去，赶不上统一安葬的时间了，陵园里还要有个仪式呢。栎子爸说：

"你们就别劝了，把铁钢留在这里吧，我是为了陪他，才没有回柞木沟，留在巧鸟的。"

来人说：

"柞木沟是哪里？"

栎子抢着说：

"柞木沟是我们的老家，塔河县，黄桑镇，前山后山长满了柞栎树。我家屋后有棵大柞栎树，每年结很多柞栎果子，那树是我爷种下的。我爸是为了陪着坟里的铁钢叔，才没回柞木沟，留在了巧鸟的，我和我妈也离开柞木沟来巧鸟陪我爸爸。你们就把铁钢叔叔的坟留下吧,我爸修不动坟了,我给铁钢叔接着修。"

来人说:

"哦,那这样吧,烈士的坟迁走后,你们呀,还回柞木沟去吧。"

栎子爸说:

"坟里的铁钢,炸死时才二十岁,他打小是个孤儿,活着时他把我当亲哥,一声哥一声哥地喊我。我没有弟,我把他当了我的弟弟来疼着。我是他排长,也是他哥,我得在这儿陪着他,你们不能把他的坟迁走。"

来人见栎子爸还是不肯让挖坟,五个人的头头儿跟其余的四个悄悄说了些什么,走过来两个人,脸上挂着笑,把栎子爸从坟上抬走了。栎子爸又喊又叫,抬他的人始终微笑着。头头儿指挥另外两个人挖坟,他们做梦也没想到,这个不起眼的小男孩会跳过来,叉着腰站在坟包上,说:

"你们这么把坟挖走了,会让我爸爸死掉的!你们知道吗?我爸爸死过好几次了!"

头头儿说：

"小孩，你别捣乱，跟着瞎胡闹啥？！你快下来，别让锹啊镐啊的伤着你。"

栎子说：

"我不下来，你们要挖，把我也一块挖走吧。"

栎子使劲把脚踩在坟包上，看上去像一棵树，把自己长在坟上了。可栎子终究是个孩子，抵不过来人的胳膊和手脚，他们像抓一只小鸡崽一样，把他抓下了铁钢叔叔的坟。

挖坟时栎子爸一直在哭泣，看上去一点也不像个男人了。栎子爸上过战场，可他却哭得像个乡下女人。栎子默默地给爸爸擦泪水，两个袄袖子擦湿了。来人不住地劝，白排长，你哭啥呀，这是好事，大黑山不比巧鸟山好？坟挖走了，爸爸还在哭泣。土馒头没了，只剩下了个土坑，还有棺材的残片。栎子爸突然走到坑边，扑通跳了下去，可把栎子吓坏了。栎子说：

"爸，你要干啥呀？你快出来呀。"

栎子爸非但没有出来，还一屁股坐在了坑里。栎子喊：

"爸，你出来吧，你不要吓唬我呀。"

栎子向爸爸伸出了手，爸爸并没有把手给他，他听见爸爸说：

"他还在，他没走。"

天都很晚了，栎子爸还在坑里坐着。栎子妈来巧鸟山找他们，看见了挖走的坟，还有坐在坑里的栎子爸，栎子妈说：

"景春，这是咋了？你在唱哪一出戏呀？你快出来，你坐在那里干啥呀？你快出来吧，你看你把栎子都吓到了，眼泡儿都哭肿了。"

栎子和妈妈合力，才把爸爸从坑里拉上来。妈妈要栎子回家去找锹，往坑里填上土。爸爸说：

"不要填土了，这样挺好，填上土就没人知道这里埋过一座坟了。"

妈妈说：

"不填上土也行，你可不能再坐到坑里去了。"

爸爸答应了栎子和妈妈，以后也没再坐到坟坑里去。

坑一直敞口向着天空,像是在呼喊着什么。过了几年坑里长满了草,又落了些飞尘和草叶,看上去只是一个普通的土坑,没人看得出这里曾是一座坟了。

可有人记得。

铁钢叔的坟被迁走后,栎子仍然每天陪着爸爸去巧鸟山。后来栎子爸让栎子妈去大黑山烈士陵园,看看铁钢的坟咋样。栎子妈去看过,归来后,对栎子爸说:

"我都看到了,你就放心吧,政府给每个烈士都修了坟立了碑,还栽了好多松树和柏树,还有专门管理陵园的人,咋说也比这荒山上好些。"

爸爸说:

"这就好了。"又说:

"巧鸟山过几年就不荒了。"

妈妈说:

"铁钢的坟被迁走了,你也没法在这里陪他了,你要想回老家,我们一家就回柞木沟去,回去种地也能吃一碗饭。"

爸爸依然选择留在巧鸟,每天来巧鸟山,一坐大半天。栎子默默地陪着爸爸。山火烧过的巧鸟山,经过了两年的生长,也还只有零星的一些草,几株大槐树的树根冒出了蘖树苗。栎子说:

"爸,你要想铁钢叔了,我陪你去大黑山看看他吧。"

爸爸摇摇头说:

"不去,他还在。"

栎子听不懂,一脸茫然地看着空坑。

栎子和爸爸把种出的柞栎树苗,种在了小站屋后的空地上。爸爸说要等柞栎树苗长大一些,再移植到巧鸟山上去。

栎子知道,对于爸爸,这棵独苗,是一锭金子。

6

栎子爸的后半生在种柞栎树中度过,他的目标是把巧鸟种成柞木沟。他们在等待这棵独苗长大,结出果子,好种下去,长出第二棵、第三棵、第四棵柞栎树来。这个等待似乎是漫长的,但看得见曙光。这棵独苗在他们的精心侍弄下，似乎懂了栎子爸的心思，每一年都在疯长。栎子妈建议栎子爸让老家寄一包老柞栎树的果子来，被栎子爸拒绝了。他说将来巧鸟山长出的柞木林，都是这棵柞栎树的孩子，那该有多么的神奇，就像当年父亲孤身下关东来到异乡，种树开荒，娶妻生子，许多年过去，在荒山野岭里繁衍出了一个家族。

在柞栎树苗长到第五年的春天，十九岁的栎子接了妈妈的班，在巧鸟站当了一名铁路职工。因为站上只有他一个人，栎子成了站长。栎子帮着爸爸将柞栎树苗移到了巧鸟山上，栽在铁钢叔的空坟坑边上。空坟坑里长满了蒿草，还有几株不知名的小花。

栎子爸除了侍弄柞栎树，还在树旁盖起了小房子。小房子盖了两年才盖成。柞栎树长到了房子一般高，可是还没有开花结果。栎子爸还在固执地等待。栎子爸妈搬上了巧鸟山，搬进了小房子里住。一晃柞栎树苗十岁了，还是没有开花，树冠盖住了半个房子。栎子爸说会开花的，再等上十年也没什么。

这一年的春天，千里之外的大兴安岭起火灾，让栎子爸整日坐立不安。每一天,他都要向过路列车长打听大兴安岭的火势情况。车长有时会给他一张报纸,他捧着报纸看上面关于火灾的新闻。从零星的新闻里,他画出了一张草图,火烧到塔河了,柞木沟差不多在蔓延的火场里了。爸爸叫来栎子,要他去县城,给栎子的伯父拍个电报,问一问柞木沟,特意问一问老柞栎树。电报发出去很久没有收到回音。

大兴安岭火灾扑灭的消息传来,栎子爸欣喜若狂,一个人一个下午淋在春雨里。四个月后,栎子收到了伯父家堂兄写来的一封信,是列车长转给他的。堂兄说柞木沟烧光了,一棵柞栎树都没了,老柞栎树也烧死了,柞木沟又成了荒岭沟,柞木沟的人全搬迁出了林区,被安置到了五百里外的绥化,老家柞木沟再也回不去了。栎子拍去的电报,他的伯父根本没有收到。栎子爸看过了信,抱着大柞栎树,孩子似的,一直哭到天黑。

爸爸让栎子请个照相师来,栎子不明缘由,还是给爸爸请来了。爸爸要照相师给屋后的柞栎树拍一张照片。爸爸给栎子伯父写了一封信,附上了这张照片,告诉他们，这棵树是老柞栎树的孩子。

来年的春天，屋后的柞栎树开花了。或许只是一个巧合，柞栎树本就到了开花的树龄，而栎子爸却敲着柞栎树，对栎子说：

"它感应到老柞栎树死了。"又说：

"栎子，一定是这样的，那年我在哈尔滨当兵，一天早上我起来，心跳得厉害，巴掌按在胸口上，按也按不住，总觉得有啥事要发生，晚上就收到了你妈拍来的电报，说你爷突发性心脏病去世了。"

到了秋天，栎子爸把柞栎果采下来，挑了二十二个好的，让栎子寄给在绥化安家的亲人。栎子伯父收到柞栎果回了信，信上说他们生活的村子，叫对松山，满山都是落叶松，没法种成柞木林了，但会把这些柞栎果子种在房前屋后，看到柞栎树也就当回了一趟柞木沟。

栎子爸在巧鸟山上开始了他的种树生涯。

大柞栎树每年都要结很多果子，而且一年比一年多。栎子爸在大雪封山前，在巧鸟山上挖坑，把柞栎果子埋下去，经过一个冬天的沉睡，这些果子在春天萌芽、破土，长成柞栎树苗。一年又一年，巧鸟山长满了柞栎树，山上小屋后的大柞栎树丰茂无比，整个房子都在大柞栎树树冠的遮蔽下。等到新生的柞栎树也开花结果，栎子爸有了用不完的柞栎果子。每到柞栎果子成熟季节，栎子爸便拿着布袋子，栎子妈扛着小梯子，两个人一棵一棵树采摘过去。柞栎果子太多了，来不及采摘的，从树上脱落下来。果落归根，柞栎树下又有新苗长出来。

到了苍耳出生这年，栎子爸把巧鸟山种成了柞木林。后来他的妻子去世了，他把她埋在了大柞栎树下，用的是埋过铁钢的旧坟坑，他说用不了几年，他也要睡进来。栎子想给母亲立个石碑，栎子爸说不要了，这棵大柞栎树就当是我和你妈的碑了，挺好的。

苍耳爷背了一袋子柞栎果子回去。

他们先坐4255次列车到了柳树屯站，接着坐汽车去了锦州站，住了一夜后坐上了开往哈尔滨的火车。他们到了哈尔滨找了家小旅馆住下，第二天坐上了去塔河的火车。车到塔河,三个人出了车站,没有火车坐了,找汽车去柞木沟。

三十几年过去了,全变了。耳爸回想起当年跟着妈妈去巧鸟,也是在塔河坐火车,那时的塔河车站,像极了现在的柳树屯站,简易的站台和站房,列车进站啦,检票啦,车站人员敲一段挂在站口的铁轨,跟旧时乡村小学敲钟上下课一样。耳爸还记得妈妈给他买了一根烤红薯。红薯特别甜,全吃了,舔着掰红薯的手指肚,手指肚都是甜的。再回塔河,妈妈已不在了。

耳爸向路人打听,怎么去柞木沟。路人说从没听过柞木沟。问了几个人,都说没有听过。耳爸以为柞木沟太小了,于是打听黄桑镇。路人也说没有听过黄桑镇。耳爸说怎么会没有听说过呢?柞木沟太小了,黄桑镇不小呀。路人说,你有多少年没有回来过了?耳爸说,三十六年了。路人说,怪不得呢,火灾后林区的许多村镇全迁移了,名字也没人记得住了,你去塔河林业局查查,兴许他们知道哪里是黄桑镇。

林业局接待他们的是个年轻人,也没听过黄桑镇。

苍耳爷说，难不成黄桑镇是只雀儿，飞到天上去了？年轻人不耐烦，嫌苍耳爷说话不好听。耳爸说，老人是心急了，快四十年没回来了，想回去看看老家。苍耳爷摸出一张发黄的纸，上面用蓝钢笔画着地图，地图上标记着黄桑镇，还有柞木沟。苍耳爷把纸铺在桌上，对年轻人说：

"你看，这里是塔河，往西南走是塔尔根，塔尔根下来是翠岗，翠岗下来是黄桑，往南是碧州、新林、宏图、林海。柞木沟在黄桑腰窝上，黄桑河发源地就是柞木沟。"

耳爸记起来，这张图是火灾那年，父亲看了报纸上关于火灾的新闻后，在纸上胡乱画的，他竟保存了这么多年。苍耳爷急得差点跟年轻人敲桌子捶板凳了。黄桑就在这儿，你们咋就看不着？柞木沟在黄桑镇腰窝上，咋说没就没有了呀？年轻人拿出一张塔河林区分布图，铺在桌上，递给苍耳爷一个放大镜，年轻人指着地图说：

"老人家，您看好了，塔河往南是新林区，新林区有新林镇、翠岗镇、塔源镇、大乌苏镇、塔尔根镇、碧洲镇、宏图镇，就是没有黄桑镇，更没有什么柞木沟，这么多年了，是不是您记错了？"

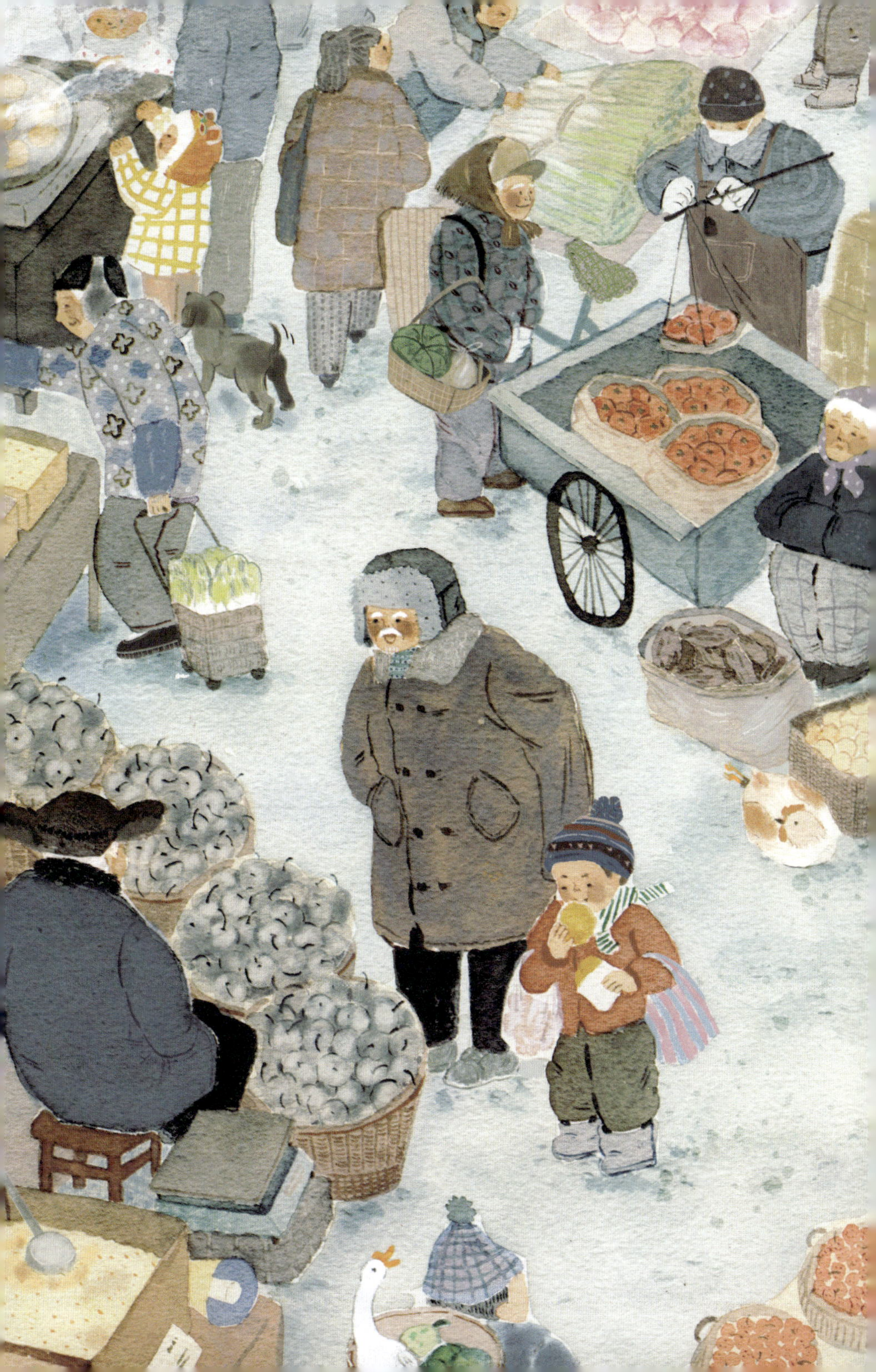

苍耳把眼睛放开去,
南桥大集也太大了,闹哄哄的,
骡马市儿那边传来很响的甩鞭声,
嗓门大的人在吆喝着牲口。

苍耳见爷爷脖子上的青筋鼓了起来，爷爷对年轻人怒目而视，声音近乎吼：

"我就是忘记我的鼻子在哪儿，也忘不了黄桑镇，更忘不了柞木沟。"

苍耳说：

"爷，你小点声吧，你怎么眼泪都快出来了？"

年轻人说：

"老人家，您想看一看老家，我懂您的心情，谁没老家呢？我落脚在塔河，可我的老家在青岛，一出门就能望见大海，哪像塔河一年里有半年下雪，下了雪只能躲在屋子里猫冬，这时候我要在青岛，还能洗海澡呢。"

苍耳爷见年轻人说得要冒眼泪了，也知话说得有些无理。苍耳爷说：

"青岛我知道，我在青岛修过铁路，靠海，海滩上都是贝壳，没想到你不是塔河人，也离家千里远。"

一吵，声高声低的，来了个中年人，问明了，说：

"老人家，我带你去见白主任吧，他可是林业局的老人儿了，来这儿快四十年了，咱这局里有拿不准的事去问他，他是张活地图。"

他们都姓白，三百年前是一家，攀了亲戚，说话格外近。白主任说在这个楼里，要问起黄桑镇怕是没几个知道，火灾之后住户搬迁，黄桑镇被撤销了，并入了翠岗镇。白主任翻了半天柜子，找出一摞子旧地图，挨张翻看，找到一张，铺在桌上，指给苍耳爷看。真有黄桑镇，在图上写着呢，苍耳爷手指甲摁着"黄桑"二字，胳膊抖动得不行。耳爸扶着父亲，不停地抚摸着他的后背。苍耳爷又找"柞木沟"，没有找见这三个字。白主任说：

"我知道柞木沟，它在黄桑的腰窝上，黄桑河源头在柞木沟。"

苍耳爷说：

"你是我的亲人呀，我问了一路都没人知道柞木沟。"

白主任说：

"我之所以知道柞木沟，是因为在塔河很少有柞木树，柞木沟却是前山后山都是柞木树，听说是一个下关东的人种出来的，可惜柞木林子在大火里全被烧掉了。"

苍耳爷说：

"那个下关东种树的人，是我的父亲。"

苍耳爷把父亲从易县洪崖山下关东过来，跋山涉水来到塔河，在荒岭沟落脚，用一个柞栎果子把荒岭沟种成了柞木沟，唠唠叨叨都说了。最后苍耳爷说：

"洪崖山长满了柞木树，我父亲离开洪崖山逃荒时，我爷给了他一包柞栎果子，是留着给我父亲路上当干粮的。我父亲饿得差点死掉时，也没把柞栎果子全吃掉，一路走下来是个念想儿呢。走到柞木沟，还剩五个柞栎果子，我父亲把这五个果子种下去，只有一个发了芽。几十年种下来，把一个荒岭沟种成了柞木沟。"

白主任说：

"叔，你千里之外赶回来，就想看一眼柞木沟？"

苍耳抢着说：

"我爷是回来种树的，他要把这些柞栎果子，种在柞木沟。"

白主任说：

"种树？火灾后都成了封山育林区，翠岗镇被规划种上了樟子松。"

苍耳爷说：

"没有再种柞木树？"

白主任说：

"塔河的气候太冷了，不适合柞木树生长，也难为你父亲当年种出了个柞木沟。"

苍耳爷说：

"我是没法再把柞木沟种满柞木树了，我也活不了那么久了，可柞木沟得有柞木树啊，我就想把这些柞栎果子埋下去，让树自个儿长去，老多年后柞木沟又是柞木沟了。"

白主任说：

"叔，柞木沟没了，柞木沟也不叫柞木沟了，现在叫塔河封育三区。那里除了护林员，外人不允许进入。"

苍耳爷说：

"我是柞木沟的人，我不是外人。"

白主任说：

"火灾后按上边要求，迁出了很多人，迁到绥化、齐齐哈尔、大庆的都有，封育区是无人区，谁也不能进去，这是死命令。"

苍耳爷把柞栎果的袋子放到白主任的桌子上，又给了白主任两百块钱，他说：

"白主任，求你个事，你帮我把这袋子柞栎果子带给柞木沟的护林员，要他帮着把果子撒在柞木沟北高坡上。我爹的坟在北高坡上，他种了一辈子柞木树，北高坡上不能没有一棵柞木树陪他。这钱就算给护林员打酒喝了。"

白主任答应苍耳爷，会让护林员把果子撒在柞木沟的北高坡上，但他把两百块钱给苍耳爷揣了起来。又推让了几回，苍耳爷把钱揣起来。苍耳爷说：

"白主任，把这张老地图送我吧。"

白主任说：

"这地图放我这也没用了，放到您老手上，还能有个念想呢。"

白主任把地图卷起来，苍耳替爷爷拿着，白主任把他们送到林业局门口。白主任说：

"叔，你放心吧，我忘不了你托我的事。塔河这两天要下暴雪,今年雪都下得迟了,去年这时候大雪都封门了。快坐车回去吧,到家收拾收拾也该猫冬了。"

在返乡的列车上,苍耳爷时不时把旧地图翻出来看。他向列车员借了一支笔,在黄桑镇腰窝上点了个黑点儿,让苍耳帮他在黑点点边上写上"柞木沟"。苍耳痛快地答应了爷爷,趴在小桌板上,在黑点点边上歪歪扭扭地写上了"柞木沟"。

窗外下雪了。耳爸不知怎么的,想起了林业局老家在青岛的年轻人,匆忙一面,都没问一问他的姓名。耳爸想:我们在巧鸟种了一片柞木林,他该怎样在塔河造出一片海呢?

火车在雪野上穿行,他一时分辨不出,这列车正带着他驶离模糊不清的故乡,还是正驶向面容清晰的他乡。耳爸再看座位对面正看着窗外发呆的苍耳,恍惚中那不是自己的儿子,而是三十六年前一个叫栎子的少年……

第三章

猫冬记

1

从塔河带回来的旧地图,苍耳爷挂在了山墙上,不时会用笔在图上写些村屯的名字。耳爸来看他,他会用木棍在图上指指点点,说些旧事。这张旧地图就是故乡了。

说着说着也就入冬了,该猫冬了。

北方的冬天冷,常是炕烧得烙腚,胸前后背却冻得冰凉。白天就要烤火盆,一个泥火盆能用好多年,冬天烤火,春天还能给母鸡留着抱窝儿,孵小鸡儿。山外人家烤火盆的少了些,但苍耳爷的小房子在山上,房墙保暖性又差,所以每年他都要烤火盆过冬。柞木炭火最好了,耐烧,火硬,不起烟。守着这么大的柞木林子,哪年都有干枯的枝干。苍耳爷从春拾到冬，粗的长的锯成一拃长小段，码放在窗根底下。等老北风刮起来，热火盆也该上炕烤起来了。

生火盆有讲究。苍耳爷在灶膛里烧了火，加了柞木棒，烧到半透，小铲子铲出来放在火盆里。山里人家冬日的泥火盆，要是以为只烤火，那就想错了。烤地瓜，烧豆子，烤豆包，只要你想烤，都能拿来烤。

肚大的胖地瓜不好烤熟，要细长的瓜才好。

苍耳把地瓜搁在火盆的厚泥沿上，烤一会儿，转一下地瓜，等火盆里的炭火没了明火，炭还没烧成灰之前，把炭灰挖个坑，再把地瓜埋进去。但可不能埋下去不管，得隔一会儿扒拉出来，看看有没有烧煳。烤熟了，扒拉开炭灰，吹着手指尖，把地瓜从热炭灰里抓出来，捏着地瓜尖，在火盆沿上磕去皮上的灰。手指经不住烫了，捏一下耳垂，手指肚就凉了。不烫手了，从中间掰开，黄色瓜瓤还冒着热气。满屋子是地瓜的香味，不用吃，闻味儿都闻饱了。

烤过了地瓜，还要烧豆子。

没等苍耳要豆子,爷爷把葫芦罐子拿上炕来。葫芦头罐子盛着满满豆子,苍耳倒出一小把来,在火盆边上挖个灰坑,把豆子撒在坑里,埋上灰。苍耳等着豆子放屁。豆子哪会放屁呢,是豆子烧爆了,在灰里响,声音闷,扑哧扑哧,像豆子在放屁。苍耳看着灰土噗一下,鼓起来又落下去,鼓起来又落下去,有时会咯咯笑起来。烧好了豆子,捡出来,放在掌心,要吸溜吸溜不停地吹,不然热豆子会烫手,这样也能吹走豆子里的灰。豆子不比地瓜,能剥皮吃,豆子要整个放在嘴里,灰吹不净哪行?苍耳爷不跟苍耳抢地瓜吃,但抢豆子吃。苍耳爷牙口好,别看丢了颗门牙,烧豆子嚼得嘎嘣嘎嘣的。

吃了烤地瓜,嚼着烧豆子,身子暖着,脸热得红扑扑的,苍耳说:

"爷,你给我讲个故事吧!"

爷爷说:

"故事可不会,瞎话儿嘛,还会说几句。"

苍耳说:

"对,说瞎话儿,说瞎话儿。"

山里人猫冬，在火盆边给小孩讲故事叫说瞎话儿。

苍耳越要听，苍耳爷越不说，他嚼着烧豆子说：

"瞎话儿可不是乱说的，得啃着冻酸梨，瞎话儿说起来才带劲儿，听着也对味儿。"

苍耳爷不肯讲，苍耳嘟囔着嘴，把爷手心的烧豆子都抢过来，一个一个往嘴里丢，故意嘎嘣嘎嘣嚼。苍耳爷看看天，该做晚饭了。山里人家进了冬天，不吃晌午饭，早饭吃晚些，晚饭吃早些，旧时口粮少，能省出一顿饭来。如今倒是不缺吃的，但老规矩传了下来。

晚饭苍耳爷做柞树菇粉条炖咸肉，菜盆架在火盆上烤着当火锅吃。

2

下过了两场毛毛雪，第三场雪一下来，便大得不饶人，把巧鸟盖了个严严实实。下雪前苍耳回了小站，和爸妈住了两天。苓耳扶着窗台能站立了，苍耳爱逗妹妹玩。雪停了，苍耳要回山上去。耳爸耳妈都不允，苍耳还是要去。列车停运了，铁轨埋在雪之下，世界是一个样子的。耳爸耳妈扫站台，把雪攒成很高的雪堆。苍耳坚持说要回爷爷的小房子，爸妈也不再反对。苍耳穿戴好，踩着大雪壳子往巧鸟山走。

雪厚到了苍耳胯骨根儿。北风烟雪，雪沫子直往袄领子里灌，围脖勒得苍耳喘不匀气儿。每走一步，脚都要从雪里往外拔。爸妈看着苍耳往巧鸟山走，不知这孩子为啥非要急着上山，刚从巧鸟山下来三天，等雪化一化再去也行呀。他们不知苍耳心思，苍耳这么急着去爷爷小屋，不单为烤火盆烤地瓜烧豆子啃冻梨听瞎话儿，他是还想看老黄羊。

七年前的冬天，大雪连着下，雪厚到了耳爸的胯骨根儿。苍耳爷的小房子雪堆到了窗台上，苍耳爷从窗子跳出去，用大木锨把雪推开，把大柞栎树围起来。夜里苍耳爷听见窗根底下有动静儿，拉卡……拉卡……拉卡……苍耳爷睡不着了，用手电照窗外，有个活物。活物见到亮光，前爪搭在窗台上。苍耳爷看清了，是只黄羊。黄羊前腿扒了一会儿窗台，咕隆一声摔下去，还是拉卡拉卡的，声音很弱。这一带山岭多，有很多野牲口，但巧鸟山还没来过黄羊。苍耳爷估摸黄羊是饿了，大雪封山有半个月了，黄羊找不到草吃。

苍耳爷开了门，黄羊在地上卧着，看样子是饿腿软了。苍耳爷想要不要过去，把黄羊抱屋里来。黄羊不只饿，还冷，弄不好夜里会冻死。知道黄羊向着光，苍耳爷把手电关了，轻轻走过去，学着黄羊拉卡拉卡叫。快接近黄羊了，黄羊跳起来，顺着来路跑进了雪地里。黄羊最能跑跳，俗语说"黄羊窜一窜，骡马跑出汗"，但雪太深了，黄羊腿陷在雪里，跑得没那么快。跑出去不远，黄羊停下来，回头看着苍耳爷，卧在雪上，还是拉卡拉卡地叫，声音却弱得很。

苍耳爷动了心思，大柞栎树下堆着谷草。他在山下种了一小片谷子地，小米煮粥喝，谷草留着引柴点火。苍耳爷把手电放在窗台上，对着大柞栎树照，用大木掀挖出个雪洞，把谷草捆子掏出来。他抱着谷草，从雪上爬过去，接近黄羊，黄羊歇了一阵，跳起来又走远了。苍耳爷把谷草放在黄羊卧过的雪地上，又回了小屋子。

外面雪反光,他看不清黄羊,但听得见草在沙啦沙啦响,不知是风吹草,还是羊吃草。

第二天红日东升,苍耳爷出门看雪地,黄羊不在了,但谷草吃了一半。苍耳爷眯缝着眼睛,又找了几根地瓜,切成地瓜片,放在谷草上去。夜里黄羊又来了,苍耳爷听见了黄羊吃草声。整个冬天,只要下了雪,苍耳爷都放些谷草给黄羊吃。

以后每年冬天,大雪过后,黄羊都会来吃苍耳爷放的谷草。有时苍耳爷还会用麦麸拌些草料,黄羊每次都吃光。吃惯了,黄羊不怕了,它不只晚上来,白天也会来。这是一只公黄羊。冬天没有雪的日子,苍耳爷看不见它,夏天也看不见。苍耳爷盼着公黄羊能多带来几只黄羊,然而年年都是公黄羊一个,看来它是一只孤羊。以后每年来,苍耳爷从皮毛颜色上看出黄羊又老了一些。

打去年起,苍耳知道了这个秘密。到了下雪天就来小屋看黄羊。几年前,耳爸去县城,给苍耳买回一个小望远镜,苍耳没事爱坐在站台上,望远处的画眉山,在柞木林里望远山树上的鸟，当然也会在柞木林和站台之间，相互望一望。雪天苍耳躲在小屋里，把玻璃窗花擦开，架着小望远镜看老黄羊。

苍耳走上巧鸟山，一排脚印延伸向巧鸟站。爷爷在门前扫雪，看见苍耳来了，喊：

"苍耳，你咋穿一只鞋来了？"

苍耳低头看，右脚上的鞋没了，光剩下袜子在脚上。苍耳哎呀一声，鞋呢，出门穿着两只的。爷爷说：

"你是把鞋穿丢了，雪太深了，不知掉在那个雪窟窿里了。"

苍耳说：

"爷，鞋丢了我咋不知道呀？"

爷爷说：

"这么深的雪，鞋窝里，裤腿里，估计没走几步让雪灌满了，脚早冻麻了，扎一针估摸着都不会觉着疼，鞋丢了哪还会知道呢？"

苍耳又往回走找鞋，一个脚窝一个脚窝地摸，没摸出去半里，手全麻僵了。他把一根一根的手指含在嘴里，而后在棉袄上擦口水，手指更冷了，俩手搓来搓去，这样才好些。手有了知觉，接着摸脚窝。摸出去有一里，才从雪窟窿里摸到那只鞋。苍耳想脚早冻麻僵了，穿鞋不穿鞋一个样，再穿丢了还得回来找，索性把左脚上的鞋也脱下来，两条鞋带扎个扣儿，挂在脖子上，踩着旧脚窝往巧鸟山走。

走回山上，爷在等着他。炕上火盆烧得正好，屋子里暖烘烘的。爷端来一盆雪，把苍耳的袜子扒下来，用雪给苍耳搓脚。好半天脚才缓过来，通红通红的。爷还是没让苍耳烤火盆，脚还要慢慢缓。雪在盆里化成水，让苍耳泡脚。泡到觉得凉了，用棉被把脚包起来，在炕上暖着。

鞋在屋外冻着，苍耳爷闲下手来，磕掉鞋窝里的雪，才拿屋子里来。雪没法全磕净，到屋里化了，鞋面返潮，苍耳爷拿着鞋在火盆上烤，烤干一只，再烤另一只。

爷烤着鞋，苍耳跟爷说话。苍耳说：
"爷呀，好大的雪呀。"
爷说：

"这雪还算大？你是没见过塔河的雪，门都推不开，房子都埋在雪里，出门没法从雪上走，得从底下掏洞走。"

苍耳说：

"爷，你咋动不动就说塔河呀黄桑河呀柞木沟呀？"

爷说：

"爷是老了呀，老了就会想老家，爷一落生就在柞木沟，走过塔河的雪道，凿过黄桑河捞过鱼，在柞木沟种过柞木树。"

说来说去，说到老黄羊。苍耳爷龇牙花儿，他说草料放了，黄羊没来。苍耳说雪大了，黄羊走不动。爷说前几年还有比这大的雪，它还是照来吃草。苍耳说爷呀会不会黄羊找到草吃了？爷说不能，这大雪，啥啥都埋在下边了。

苍耳把窗玻璃哈出块透明，用望远镜看放草的地方，草叶子在风里吹，没有羊来吃草，黄羊走来的方向，雪上也没有蹄印。苍耳说爷呀黄羊咋了呢？爷说谁知道咋了，再等等看吧。苍耳说黄羊会不会死了？爷说是呀黄羊太老了，在黄羊群里，它都能做太爷爷了。

没有等来老黄羊，苍耳和爷有些焦心，火盆烤起来也没劲，烤出来的地瓜、豆包和豆子，吃起来也不香。苍耳说：

"爷，你想老黄羊吗？"

爷爷说：

"想呀，你奶奶走了，大冬天剩爷一个人在山上猫冬，知道有个老黄羊也在山上，心里就多了个伴儿呀。有时风雪太大了，老黄羊吃了草不走，还到我的屋前卧着，避风雪，一卧一个晚上，天亮了，风也大雪也大，我知道老黄羊还在屋前卧着，我宁可饿着冷着，也不开屋门去找柴烧炕烧火盆，我怕开门惊走了老黄羊。黄羊那么老了，禁不住大风大雪，啥时候风雪停了，老黄羊走了，我才开门找柴生火。"

苍耳说：

"爷，等雪化了，我们上山找找老黄羊吧！"

爷爷说：

"嗯，得去找找，找不到，老黄羊或许还活着；找到它，它死了，挖个坑，给它埋了。"

3

雪在慢慢化，苍耳和爷在小屋里烤火盆，等着老黄羊来吃谷草。他们围着火盆烤地瓜，烧豆子，烤豆包，烤热了干啥呢？苍耳缠着爷给他说瞎话儿。爷爷说：

"我肚子里就那几个瞎话儿，都给你说过了。"

苍耳说：

"再说一回。"

爷就给苍耳再说一回。别看瞎话儿老重复着说，絮絮叨叨的，每回都能有点新花样说出来。爷爷说：

"还讲猫冬的事吧，你以为猫冬就是老猫在家里不出门？错啦，东北人最不怕冷，越冷越要出门溜达去，叫个嘚瑟，三九天不出门嘚瑟一圈，那叫东北人？"

苍耳说：

"不叫，越冷越要嘚瑟，打滑跐溜儿，啃冰溜子，抽冰猴，凿冰捞鱼，攥雪团子，脱光了往冰水里扎猛子，不把小脸儿冻通红儿，别说是东北人。"

爷爷看着苍耳，说：

"嗬，你小子哪学来的，还一套一套的。"

苍耳说：

"这一套话你都说了八百遍了，爷，你快说瞎话儿吧，再不说火盆都凉了。"

爷爷说：

"急啥呀，再急瞎话儿也得一句一句说呀。你看你看，说啥来着，没有冻酸梨，瞎话儿说出来也没味儿。"

苍耳跳下炕，爬到一棵柞木树上，在树上吊着的筐篮子里，取下七八个黑不溜秋的冻酸梨来，进屋找个盆子，倒上半盆凉水，把冻酸梨放水里缓着。火盆暖烘烘的，酸梨盆眼看着上边长了冰碴。苍耳说：

"爷，你快说吧，一会儿吃酸梨倒了牙，我看你这瞎话儿还咋说。"

爷爷说：

"说啥呢，还说爷孙俩套兔子吧。"

进了腊月，苍耳爷等着雪，苍耳也等着雪。不下雪，不吃冻酸梨，不烤火盆，算不上猫冬。等雪来了，爷俩好上山去套兔子。

说来这套兔子，可有门道，别看都是一条细铁丝勒套儿，拴在哪，拴多高，拴几个，可是有讲究的，这事一句两句还说不清。不会套的，拴了满山的兔子套儿，一只兔子也套不着。这里的窍门，首要的是找兔子道，兔子道就是兔子在山上跑来跑去的路，要把铁丝套下在兔子道上，才能套得着兔子。光会找兔子道还不够，还得知道套下多大，小了兔子脑袋钻不过去，套不着；套下大了，兔子从套钻过去了，勒不着。下高了，兔子从套子底下过了；下低了，兔子从套子上跳过去。套子还要下在窄道上，兔子脑袋只能钻套子过；道儿宽了，你知兔子从哪走？若是道不够窄，要在套子两边挡一挡，把宽道变窄道儿。

哎哟哟，这里面的事说不清，说是一回事，做是一回事。

苍耳爷可是个套兔子老手，屯子前山北山东山西山的兔子，没有能逃过苍耳爷手掌心的。苍耳爷下一回套子，准能背回七八只野兔子来，除去自个儿家吃了，剩下拿到集上去卖，换钱花。几十年套下来，苍耳爷少说也套住了两千只兔子，屯子四面山兔子套光了，往别处山上去套，反正没有苍耳爷套不着的兔子。

一进入冬天，别人家都准备晒干菜、箍火盆、淘米蒸豆包啥的，准备猫冬的吃食。苍耳爷不是，他开始拾掇兔子套子，等着冷下来了，准备上山套兔子去。

这一年，孙子苍耳十岁了，吵着要跟爷上山套兔子，苍耳爷说，你别去了，跟你爸去萝卜沟学木匠吧，不爱学木匠学画匠也行，要学个正经养家的手艺。

苍耳说，学木匠太累，学画匠太腻，一刷子红一刷子绿的，我看铁匠炉的活好，主要是冬天有炉子烤，不冷，跟烤火盆似的。

苍耳爷说，那就去学铁匠，明个儿我去王家沟找铁匠麻子，让他收你做个学徒。

苍耳说，爷呀，我爸说我还小，再过一年骨头节长成了，抡动锤头了，再去跟麻子铁匠学打铁。

苍耳爷看看苍耳，说你把胳膊袖子撸起来。苍耳撸起来，瘦得跟鸡似的。

苍耳爷说，那就跟爷套一冬兔子，吃兔子肉长长膘，来年去跟麻子学打铁。

苍耳跟着爷出了门。除了铁丝套子、弹簧夹子，还有一杆火枪，装铁砂的，一把弯把柴镰刀，磨得闪亮发白。镰刀能割柴，哪里路不通了，割出一条道来，能走过去。火枪不是打兔子的，是防狼的，山里狼多，带着把火器壮胆。

两天前苍耳爷在东山柞木林子下了套，今个儿去捡兔子，去晚了，鹰把兔叼没了，白套了。苍耳心奇，一路问爷，苍耳爷给他讲套兔子手法。苍耳爷讲得两耳生风，嘴角泛白沫，吃了一肚子冷风。苍耳爷这才知道带苍耳出来是带对了。这套兔子的能耐，外人不能教，教给苍耳爸，他又不屑学，说要学一门像样的手艺。

苍耳爸打十二岁起便在外学艺，学着做过裱糊匠、染匠、画匠、石匠、铁匠、雕匠、弹匠、篾匠、瓦匠、垒匠、鼓匠、椅匠、伞匠、漆匠、皮匠、银匠、锡匠、铜匠、劁猪、杀猪、骟牛、打墙、打榨、剃头、补锅、修脚、吹鼓手……九佬十八匠样样学过,可哪样也没学成。这半年在学木匠,也学了个半吊子。

苍耳跟爷上了东山柞木林子,苍耳爷要苍耳在他身后走,苍耳非要把柴镰拿着,苍耳爷给了他,要他看着点脚底下,绊摔了柴镰会割人。哪哪下了兔子套子,苍耳爷闭眼也能找到。走到一条兔子道上,忽然惊起一只兔子,苍耳爷提着火枪在后面撵兔子,想把兔子撵进兔子套,逮个活兔子回去。他知道哪有套子,兔子跑过去了,他也跳过去了。苍耳爷追兔子,苍耳也跑着追,他不知哪里有套子,一脚绊到套子里,把脚脖子勒住了,苍耳一个前趴子甩在山道上,脸呀手呀全摔破了,苍耳疼得嗷嗷叫。苍耳一叫,苍耳爷吓着了,不追兔子,回头来看苍耳,一见苍耳在地上趴着,镰刀还在手上攥着,镰刀刃子差点没割到苍耳脖子。苍耳爷吓得把火枪扔了,火枪顶着火,这一扔不打紧,扳机勾到了柴棵子,枪响了,枪口亏了对着树林子,要是对着人,铁砂把人打了,就完蛋了。

苍耳爷把苍耳抱在怀里,爷孙俩都哭,呜呜的。苍耳疼，苍耳爷后怕。爷俩在山道上坐了有半个时辰。苍耳爷想可能是这辈子套兔子太多了，害了那么多条小命儿，刚才那只兔子，没准是只兔子精，苍耳这一摔，镰刀啊火枪走火啊，给他个警示，再套下去，没准哪天要有报应了。

苍耳爷决定不套兔子了，把兔子套摘下来。他领着苍耳找兔子套，捡到三只套死了的兔子。他用镰刀在山上挖坑，土冻得跟铁块子似的，挖得脑门冒汗，才挖出个差不多的坑，把三只兔子埋了。找到最后，看到一个套子正套着一只小兔子，没勒住脖子，套住了小兔子后腿。小兔子边上还有一只大兔子，在咬铁丝套子，见来人了，大兔子像狗一样冲着苍耳和苍耳爷龇牙，看上去要咬人。兔子龇牙还头回见。苍耳爷说是只母兔子。铁丝咬是咬不断的，苍耳爷不给小兔子解开套子，小兔子要么后腿挣断，要么冻死饿死。苍耳爷想赶走母兔子，母兔子不走。苍耳爷寻思了半天，慢慢接近两只兔子。小兔子挣得不动了，趴在山道上，母兔子还很凶。苍耳爷走过去，抓住了小兔子后腿上的铁丝，挣得太久了，铁丝勒进了兔子的腿肉里。母兔子一下子咬住了苍耳爷的手，苍耳爷没有松手，直到把铁丝从小兔子后腿上摘下来。苍耳爷手上淌着血，把两只兔子轰跑了。兔子进树林了，苍耳爷把血手指在土里抹一抹，提上火枪，扯上苍耳，下山回家去了。

回到家苍耳爷把火枪、木头枪的把子烧了，枪管和铁丝套子送去麻子铁匠炉熔了。他把苍耳留在了麻子铁匠铺，让苍耳跟着麻子学打铁。临走时苍耳爷跟苍耳说，好好跟着麻师父学手艺，别学你爹，熊瞎子劈苞米，劈一穗丢一穗，到头来啥也没有。还有，你把爷上山时跟你说的套兔子手法忘了吧，咱家以后不套兔了。

酸梨盆子里半盆冰半盆水了，冰裹着黑褐色的冻酸梨。苍耳捞一个酸梨出来，太凉了，换了个手，在盆沿上磕冰，把冰壳从酸梨上掰下来。苍耳眼偷着瞄爷爷的手，手指上真有疤。爷手指上的疤是母兔咬的还是哑炮炸的？苍耳心咚咚咚敲鼓。缓过冰的酸梨，不硬了，软了，咬上去，酸梨肉还有丝丝冰碴，嚼出一汪梨水来。

苍耳不这么吃,他把冻酸梨在手上揉捏,直到梨肉捏化成梨汁才开吃。爷说:

"你吃酸梨吧,套兔子的瞎话儿讲完了。"

苍耳捧着冰凉的酸梨,说:

"爷,你这不是说瞎话儿,你是在瞎说,我俩啥时候去套过兔子?你也没有火枪,我也没绊上铁丝套摔过前趴子。我爹在铁路,也没学过这个匠那个匠的呀,我也没跟麻师父学过手艺,你在瞎说,糊弄人。"

爷爷捞起一个酸梨,在盆沿上磕冰,边磕边说:

"你咋知我在瞎说呀,再说了,瞎话儿瞎话儿嘛,你要当了真事听,可就是个大傻子了。这世上,重名的人多了,我说的苍耳又不是你,人家是姓苍,叫苍耳,你姓啥,你姓白,黑白的白,人家姓苍。"

苍耳说:

"爷,那你说说,瞎话儿里的苍耳不是我,他姓苍,叫苍耳,那他爷姓啥叫啥呀?你要是说不上来,你就是瞎说,罚你少吃一个酸梨。"

爷爷说:

"他爷姓啥还用说？当然是姓苍了，是苍耳爷姓苍，苍耳爸才姓苍，才有苍耳姓苍的。我想想，他爷叫啥呢？"

苍耳捧着酸梨，手上捏着揉着，他说：

"说呀，爷你快说呀，你说不上来了吧？你又要瞎说了。"

爷爷说：

"苍耳他爷姓苍，叫苍天。"

苍耳笑得鼻涕都要出来了，他指着窗台上一个收音机说：

"爷，你比说评书的单田芳还能说。"

苍耳爷也笑，独臂抓着火筷子，翻翻火盆里的炭火，把搁在盆沿上的豆包换个面接着烤，向火的一面已烤焦了。苍耳爷没事时爱拧开收音机，不听别的，只听嗓子发哑的单田芳，一个电台一个电台追着听。苍耳也跟着单田芳学了不少评书段子。

火盆把苍耳爷烤得热乎乎的，他解开了棉袄的扣子，堆满皱纹的脸上，红得像喝了二两烧酒。苍耳爷吸溜吸溜啃酸梨，喉结一动，把梨汁咽了下去。苍耳把手上的冻酸梨揉软了，梨皮像一个袋子，盛着满满的酸梨汁。苍耳还不满意，酸梨托在掌心，另一只手掌扣上来揉，把酸梨揉暖了，用小牙尖在梨皮上咬个小眼儿，把小眼儿对着嘴，撮起来，把酸甜的梨汁吸进去。

酸梨好吃，不能多吃。苍耳爷吃了一个酸梨，苍耳吃了两个，他们等着豆包烤熟。烤豆包工夫长些，不像地瓜能埋进炭灰里。苍耳还缠着爷爷说瞎话儿。苍耳爷不说，苍耳还缠，他爷说：

"爷就那么几段瞎话儿，得省着点说，都说完了，你该不来爷的小屋了。"

4

雪化了大半了，苍耳和爷进山去找老黄羊。

巧鸟山、画眉山、桑树岭，几座山都找过了，没有找到老黄羊，连一粒黄羊粪都没找到。过了晌午，他们在观音洞前避风。苍耳说：

"爷呀,这娘娘庙里有蛇娘娘,这山上到处都是长虫,咱别让长虫给咬着。"爷爷说:

"你挺灵的脑袋咋转不过弯来,这啥时节,冷冬数九的,长虫都在地下避素呢。蛇迷心窍了吧。"

苍耳拍了拍脑门说:

"爷呀,你看我跟你上山遛了半天了,腿都要遛细了,你给我说段瞎话儿吧。"

爷爷说:

"不烤着火盆,啃着酸梨儿说了?"

苍耳说:

"现在说,回去烤火盆也说。"

爷爷说:

"回去烤火盆说。"

苍耳说:

"回去你又变卦了。"

爷爷说:

"那还说苍耳和他爷苍天吧,这回他俩不套兔子了,他爷带着他去黄桑河上砸冰捞鱼了。"

冷冬数九了，庄稼人没法下田了，干不了农活，躲在家里把冬天熬过去。不过，你要以为猫冬就只在屋里猫着，那是大错特错了。猫冬可不都是猫在家里。门还是要出的，再冷也要出门，一个冬天都猫在家里烤火盆，不让人笑话死，也会懒死。

冬天出门能干的事可多了，大人上山抓野物，小孩跑到冰上去，打滑跐溜儿，抽冰猴，滑冰车，撅下屋檐上挂的冰溜子，抱着咯嘎嘣嘎嘣咬，跟夏天吃冰棒一样，鼻涕拖到了下巴上，又冻成了冰溜子。在河面上，大人孩子一块干的，凿冰捞鱼。苍耳爷会套兔子，也还是个捞鱼好手。不套兔子了，手上闲得刺痒，想去黄桑河凿冰捞鱼。他凿冰捞鱼跟人不同，不在青天白日砸，专拣黑灯瞎火的晚上，还不要月亮。

黄桑河冻了五尺厚的冰。

苍耳和他爷抱着铁镩子，扛着钓竿，背着麻袋，出门了。在这插一句闲话，这苍耳学铁匠也没学成，跟麻子打了一冬铁，只学会了打冰镩子。苍耳爷抱的冰镩子

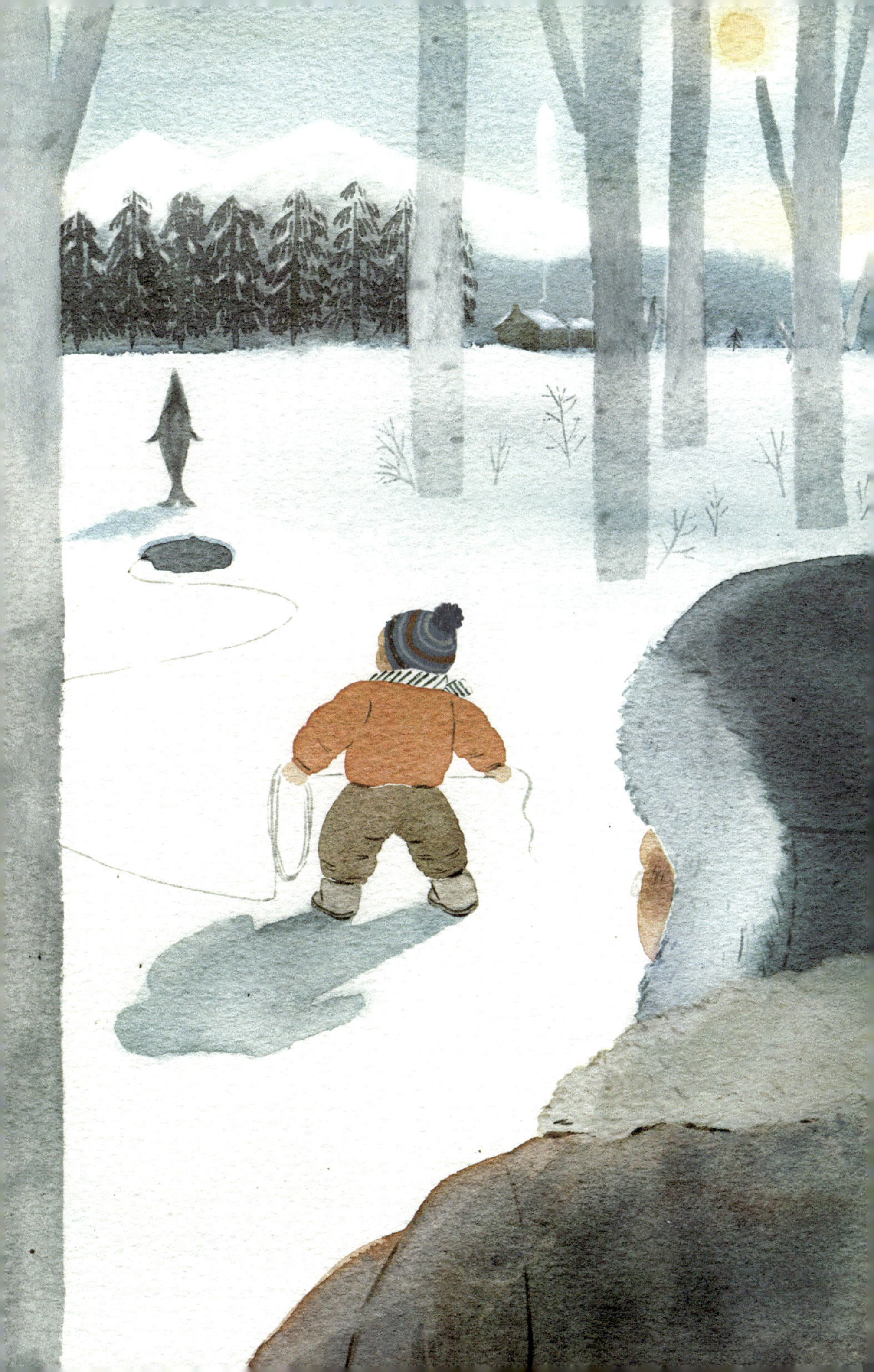

鱼也想看个新鲜景，
跳出冰窟窿看看，吸口新鲜气儿，
可这外面太冷了，
尾巴刚挨着冰面，鱼就冻住了，
人一样站在了黄桑河上。

就是苍耳打的,他爷去麻子铁匠铺领他回家,从王家沟背回来的。

苍耳爷知道哪条河河面宽,下面的鱼多还肥。找到个河面宽的地儿,爷俩上了冰面,冰面冻得跟镜子面似的,还好他们从小打滑跐溜儿打出来的,在冰上走跟在地上走没啥两样。再多说一句,你换个南方人试试,寸步难行,一步一个跟头,十步摔个乌眼青。俩人走到河面当腰儿,苍耳爷抱着铁镩子镩冰窟窿,苍耳在冰上跺脚,不为别的,不跺脚一会儿脚冻掉了。

铁镩子百十来斤,苍耳是抱不动了。他爷在冰上扑哧扑哧地镩冰,冰碴溅得哪哪都是。溅高了扎着脸,也只是麻,疼都忘了,冻得呀。天还黑,瞎目糊眼的,黑咕隆咚的,黑灯瞎火的,黑黢燎光的,黑天摸地的,乌漆麻黑的,啥也看不见,只有苍耳爷扑哧扑哧的镩冰声。苍耳爷累得呼哧带喘,嗓子眼里咝咝响。苍耳还以为来了长虫,咝咝地吐信子呢。他问,爷是你在喘气还是有长虫在吐信子?他爷手上不停,还在镩冰,说,我的小孙孙呀,你真是会想,长虫都躲到地底下避素去了,这大冬天在屋外能爬吗,早冻成蛇棍了。苍耳哦了哦,爷说的是对的,这个大冷天,滴水成冰,长虫咋会爬出来?他瞪着眼看他爷,他爷黑黢黢的一个影子,正想着,只听扑哧一大声,接着是水往上咕咚。

苍耳说爷冰镩漏了吧?他爷说镩漏了,水上来了,冰洞还要镩大些,这底下好大的鱼,洞眼小了拖不上来。苍耳说爷呀冰下的鱼有多大呀?他爷说比你还要大。苍耳说爷咱咋背回去呀?他爷说这回你知道为啥背麻袋不提水桶了吧,你就等着大鱼吧。苍耳兴奋又害怕,他还没见过这么大的鱼,要是大鱼咬了手咋办?苍耳往后退了两步。他爷看出了苍耳的小心思,说鱼还没上来呢,你往后退啥?再退这天跟黑锅底似的,爷雀蒙眼儿,我可看不见你。苍耳又往前凑了凑,他爷把冰窟窿眼儿镩好了。他爷要喝两口酒,酒葫芦在腰上拴着呢。咕噜咕噜喝了酒,酒葫芦拴起来,苍耳也看不见啥,只听稀里哗啦响,他爷把七尺长的渔线和二寸长的渔钩下到冰窟窿里去了。苍耳问他爷,接下来要干啥?他爷说我喝了酒冻不着,你不行,你要跑圈,围着我围着冰窟窿跑圈,不能停下来，停下来你就冻成了冰疙瘩。苍耳围着他爷和冰窟窿跑圈，跑几圈累得呼哧带喘的，哼哼唧唧地说还不如猫被窝里睡热炕头呢。他爷说你跟你爹一个样，熊瞎子劈苞米。

也不知跑了多少圈了，苍耳爷还扯着渔线，水下一点动静也没有。

苍耳说爷呀你的渔线够长吗？他爷说够长，七尺多呢。苍耳说拴渔钩了没？他爷说拴了拴了，二寸钩，咬上就跑不了。苍耳说渔钩上挂食儿了没？他爷说挂了挂了，钩上挂的羊肝，大鱼馋着呢，闻着就得咬，咬上就跑不了。苍耳接着跑圈，他爷接着等大鱼。

苍耳又跑了没两圈，他爷说大鱼咬钩了。苍耳不跑了，来帮着他爷扯渔线。苍耳和他爷俩人扯着渔线走，扯呀扯呀，老也扯不完。苍耳和他爷在冰上走，走出老远了，苍耳问他爷这渔线多长呀？他爷说七尺多不到八尺。苍耳说我们扯出有半里多地了呀。他爷说这鱼大，我们抓到了一条大鱼，看来麻袋白拿了，我们用不上，鱼太大麻袋装不下。爷俩接着扯，边走边扯，扯到天亮了，爷俩一看，扯出三里半了，哪里扯出大鱼来？原来这天太冷了，渔线出了水冻成了绳棍，渔钩出了水，水接着冻细绺子，细冰绺子越冻越长，苍耳和他爷扯了小半夜，扯出了三里半的冰绳。

苍耳爷还要往下说，扯出三里半冰绳以后咋样了。苍耳大声说：

"爷呀，你这瞎话儿真是瞎说，去年你给我说捞鱼的瞎话儿，可不是这么说的，不是苍耳和他爷苍天，是姚二嘎和他三儿子。你说姚二嘎和他三儿子扯渔绳，扯了三里半，可不是啥冰绳，姚二嘎天亮一看，渔钩没钩到鱼嘴上，是条大鲶鱼，渔钩钩住了鲶鱼须子，鲶鱼须子太长了，姚二嘎扯了小半夜，扯了三里半的鲶鱼须子。"

爷爷说：

"你比爷记性好，爷记着扯的是三里半的冰绳，不是鲶鱼须子，哪有那么长的鲶鱼须子呢？去年是姚二嘎凿冰钓鱼，钓上来的是鲶鱼；今年爷给你讲的是苍耳和他爷在黄桑河凿冰捞鱼，黄桑河有鲤鱼，没有鲶鱼，黄桑河流入黑龙江,黑龙江的大鳇鱼可有名了,鳇鱼可没须子。"

苍耳说:

"爷呀,算你说得有理,苍耳和他爷折腾了一夜,累得鼻涕冻成棍了,捞到鱼没?你说的那个大鳇鱼,捞到没?"

爷爷说:

"咱说了,苍耳他爷会捞鱼,凿冰捞鱼是苍家的独门手艺,你猜苍耳和他爷钓上来的那大鳇鱼在哪呢?你如果猜得着,爷回去给你做柞树菇炖五花肉。"

听说有柞树菇炖肉吃,苍耳把前半截故事都忘了,心思全在猜大鳇鱼在哪了。能在哪呢?苍耳说:

"在水下边,冰窟窿还是小了,钓是钓上了,没扯上来,脱钩了。"

苍耳爷说:

"没脱钩,扯上来了,冰窟窿够大。"

苍耳说:

"扯上来又跑了,哧溜儿又钻回冰窟窿了。"

苍耳爷说：

"跑了还叫抓到鱼了？没跑，你再猜呀。"

苍耳猜不出来了。

爷变戏法似的摸出一颗烤花生，逗弄苍耳，却不给他吃。苍耳说：

"爷呀我真猜不出来了，你还是把花生收起来吧，我馋虫都爬到嗓子眼了。"

苍耳爷眯缝着眼，剥了一颗烤花生，把花生仁一粒塞进苍耳嘴里，一粒丢进自个儿嘴里，拍拍手上的土，站起来往山下走。爷爷说：

"天不早了，得下山去了。你要是想知道鱼哪去了，也只能且听下回分解了。"

5

几天后的上午，苍耳和爷又去了山里，是遛山也是找老黄羊，但还是没有找到黄羊的影子。从山里归来，回到小屋，刚过晌午。苍耳爷生了火盆，围着火盆说话。

苍耳说：

"爷，老黄羊会不会回它老家了？爷你说人老了都想家，黄羊老了，也要想家吧？它没准儿没死，回老家了呢。"

爷爷说：

"它的老家在哪爷不知道，爷只知道它要找得见老家，早回老家去了。老黄羊跟爷一样，怕是都得老死在巧鸟了。爷比老黄羊强多了，爷有你爸爸，有你，老死了，也能和你奶奶埋在柞木林。老黄羊没个伴儿，它是只孤羊，老死了，也只有它自个儿。"

爷的话把苍耳说得眼泪汪汪的，知道孙子伤心了，忙打岔，说要给苍耳说瞎话儿，鱼去哪了还没"分解"呢。听说爷要说瞎话儿，"分解"鱼去哪了，苍耳来了精气神儿。把炭火扒拉到一边，弄出一堆炭灰，埋了十几颗花生。爷爷说：

"你可把耳朵支棱起来听好了，听不见我说鱼在哪，你让大鱼溜跑了可别怪我。"

鱼呢？

苍耳说爷咱白忙乎了，鱼呢？他爷说鱼在冰窟窿那呢，咱得把鱼逮住，别让这家伙跑了，若它跑了，咱这一晚上白挨冻了。苍耳和他爷往回跑。这跑可不是两条腿在冰上真跑，打滑跐溜啊，跑几步，腿一前一后分开，两条胳膊㧟挓开，燕子翅膀似的，脚在冰上往下滑，那叫个快呀。眨眼到了冰窟窿那，咋没看见鱼呢？倒有个穿鱼皮衣的在冰上站着呢，苍耳问那人，见着鱼没？那人不说话。他爷说苍耳你问啥呀，这哪是人呀，这是咱的鱼呀。大鱼在冰上站着呢，嘴张得火盆那么大，眼睛鼓着像俩冻酸梨。还是这冰上太冷了，本来没钩住鱼，鱼见冰窟窿那一条冰绳往外拽，连个人影也没有，也想看个新鲜景，跳出冰窟窿看看，吸口新鲜气儿，可这外面太冷了，尾巴刚挨着冰面，鱼冻住了，人一样站在了黄桑河上。苍耳乐得鼻涕泡滚出来，赶忙擦了甩掉，不甩掉，一会儿下巴上冻出鼻涕棍了。苍耳围着冰鱼转圈，这下也不喊累了。

太阳出来了，暖一些了。

他爷说苍耳你别转圈了，我们先找个向阳儿的地儿眯一会儿，打个盹，等鱼化了，我俩把鱼弄家去，你奶还等着炖鱼汤呢。苍耳就窝在他爷怀里，一夜没合眼，真困了，爷俩卧冰上睡着了。等醒来了，日头在头顶上呢，俩人找鱼，鱼没了。他爷一拍大腿，坏菜了，鱼让太阳晒化了，又哧溜回冰窟窿了。爷俩跑到冰窟窿那看，冰窟窿冻成个小窟窿眼了，鱼钻不回去，那鱼去哪了呢？正说着，苍耳眼尖，看见麻袋里鼓鼓囊囊的，还有呼噜声。爷俩乐了，这大鱼晒化了，钻不回水下去了，可冰上又太冷了，这家伙钻麻袋里去了。这下好了，不用装麻袋了，苍耳和他爷悄悄扎了麻袋口，拖冰爬犁一样，在冰面上把鱼拖了回去。这家伙睡得真香，拖到家了，呼噜还响着呢。苍耳他奶以为他爷路上拖回个睡着的酒鬼呢。

听到酒鬼，苍耳笑翻了。见苍耳笑，爷的笑在皱纹里。花生香味出来了，苍耳不笑了，扒拉开炭灰，一颗一颗拣出来，烧得正好，再过一会儿烧煳了，吃着就会

发苦。苍耳剥着花生壳,一个花生壳两粒花生仁,给爷爷吃一粒,自个儿吃一粒。苍耳说:

"爷,你这个瞎话儿说得好玩,鱼打呼噜,鱼有嗓子眼吗?鱼没嗓子眼咋打呼噜呀?"

爷爷说:

"当然有了,鱼没嗓子眼咋会叫呢?能叫就有嗓子眼儿,有嗓子眼就能打呼噜。"

吃光了烧花生,苍耳还不满足,还要烧点什么,实在琢磨不出来新花样了。忽然他抓着爷的手兴奋地说:

"爷,我们去响水河子凿冰捞鱼吧?"

爷爷说:

"得喊上你爸呀,一块去凿冰下网捞鱼呀。"

苍耳说:

"不要了,我爸还忙着学木匠呢。"

苍耳爷还没反应过来,想起前边说套兔子的瞎话儿里,有苍耳爸在学木匠的话,才明白苍耳话里有话,哈哈笑起来,他说:

"苍耳,捞完鱼,爷要给你送到麻子铁匠铺去抡锤打铁了。"

苍耳捂着耳朵说：

"爷，我没听见，我啥都没听见。爷，不说了，我们快走吧，再耽搁太阳要落山了。"

苍耳爷笑着，把屋檐下的海线绳编的渔网取下来，让苍耳提了个小桶，他自个儿背着冰镩子。他这个冰镩子可没有百十来斤，就十来斤而已。苍耳不想提桶，四处找麻袋。苍耳爷说用不到麻袋，响水河子里的鲫鱼瓜子，最大不过一拃长，桶就够了。苍耳爷往山下走了，苍耳没找到麻袋，提着桶在后面撵上来。

苍耳和爷在响水河子上凿了三个冰窟窿，一条鱼也没有捞到，但他们依然很开心。傍晚，耳爸来接他们回去，两个父亲和两个儿子，三个人在夕阳的余晖下说笑着归去。

苍耳爷笑着，眼却老往河岸山上望。耳爸不解其意。苍耳却懂，爷在看山上有没有老黄羊。坡上没长树，柴棵子却生得密实。没有黄羊出没，一只山鸡不知受了什么惊吓，嘎嘎叫着飞起来又落下去。

回到柞木林，爷归置渔网，晒在柞木树上。苍耳去看给黄羊放的谷草。大半个冬天过去了，有些谷草让寒风吹得只剩下光光的草秆，看上去草叶像是让羊给吃掉了。

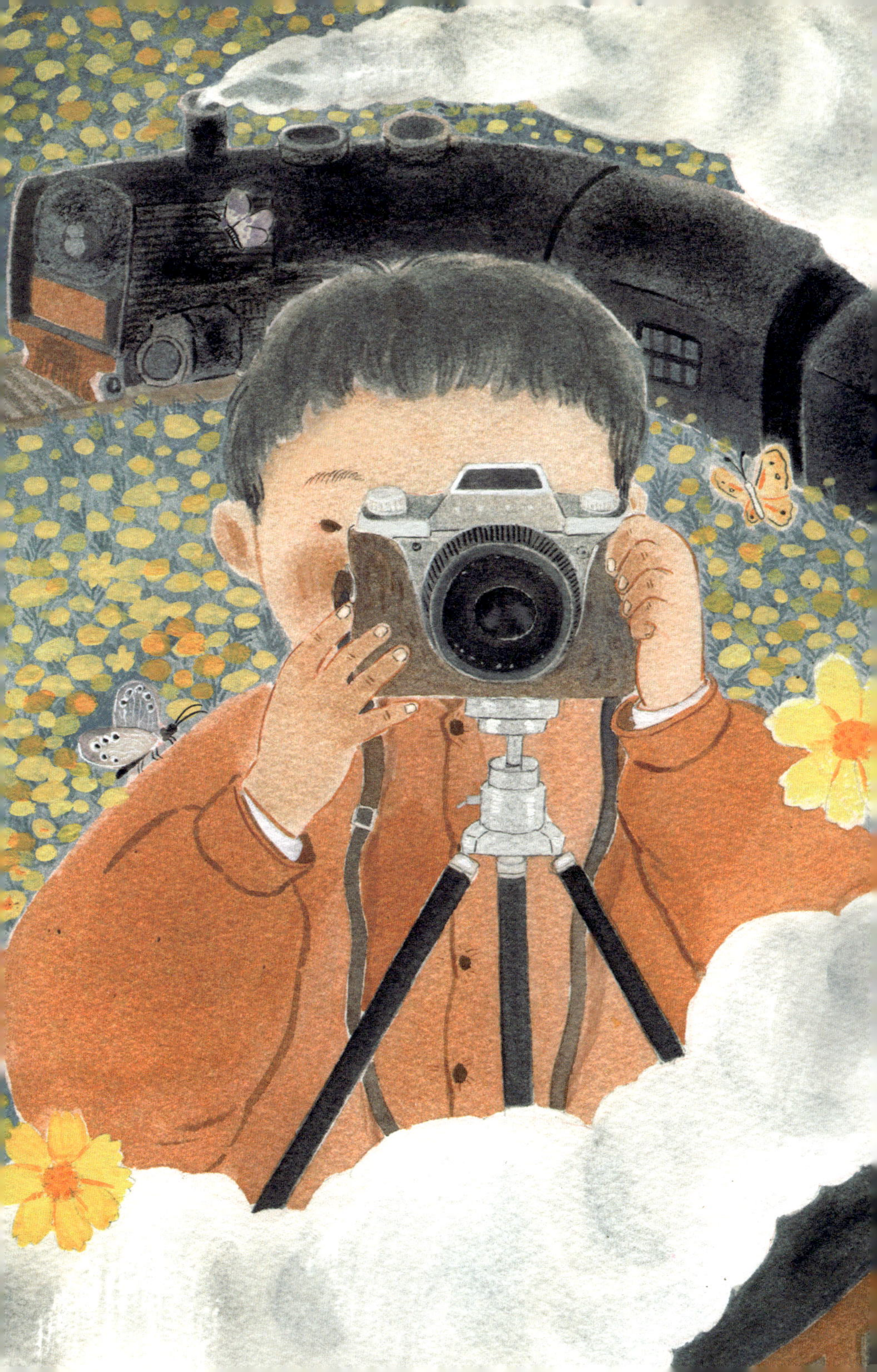

苍耳站在凳子上,

眯起左眼,

看照相机的小视窗。

他从视窗里看见了不一样的画面,

铁轨、枕木和铁路边上摇曳的波斯菊花丛。

第四章

离乡记

1

春天里，苍耳爷最爱看柞木枝头吐绿了，苍耳却爱在柞木林里找花。耗子花、野兰花、山芍药、苦菜花、山百合，只要想采，野花有的是。苍耳见花走不动路，非要采几朵拿在手上。苍耳爷说苍耳该生个女孩儿身，哪有小小子儿这么爱花的？爷说爷的，苍耳采苍耳的。苍耳采了花，会拿回小站去，给苓耳插在头顶上，苓耳满脑袋上都是花。耳爸耳妈笑，说苍耳太会打扮妹妹了，像小脑袋上落满了花蝴蝶儿。耳妈弄个酒瓶子灌上水，把多余的花插了，摆在玻璃窗前，过路的乘客看了，都说那一瓶花好看。瓶里的花蔫了，苍耳再去爷爷的柞木林采。

清明节刚过不久,胖车长向耳爸透露了一个消息:魏塔线要撤销一半的站,剩余的一半只留下很少的几个有人值守的站,其余的改成乘降点。胖车长还说巧鸟可能会改成乘降点,撤销的站里的工作人员,东半部的调去柳树屯,西半部的调去建昌。耳爸好半天没说话,这是他一直忧心的。胖车长说,老白你咋了?巧鸟撤了不好吗?调去柳树屯,离城里近些,要紧的是苍耳能就近上小学,都十一岁了,还想他在家里上学呀?柳树屯的学生上营盘小学,这可是有名的好小学。

送走了4256次列车,把红绿旗子收起来,接车雨棚下有个水泥墩子,耳爸坐在了水泥墩子上。耳妈问他咋了,身上哪不得劲。耳爸说没啥。苍耳听到了胖车长说的话,悄悄跟妈妈说了巧鸟站可能撤销的事。耳妈懂了耳爸为啥突然情绪低落了。

妈妈牵着苓耳的手,来找爸爸。苓耳有人牵着能走路了。苓耳摇摇摆摆地来找爸爸,要爸爸抱,爸爸看到苓耳冲着他笑,换成了笑脸把苓耳抱起来,苓耳啵啵亲了爸爸的脸两下。耳爸见到苓耳的笑,心里像开了花一样。

苍耳不知道怎么安慰爸爸，爸爸说过想在巧鸟一直住下去，还说退休后，不能在站里住了，搬去巧鸟山上，把小房子翻盖成大房子，种柞木树。

耳妈也知耳爸这个心思，来巧鸟三十多年了，画眉山、巧鸟山、响水河子、桑树岭，都在他的心里了。晚上苍耳睡不着，他躲在被窝里不说话。爸妈在说话。他听见妈对爸说：

"栎子，我知道你不想走，可这是上边的意思。乔三哥说得对，苍耳都十一岁了，还没有正经学校上，去南桥太远了，一直耽搁下了；苓耳也一岁多了，也要上幼儿园。我们在这里住下去没啥，苍耳和苓耳不能在这住一辈子，人总是要离开老窝儿，跟雀儿一样，不知要落在哪片林子哪棵树上再搭个窝儿。"

爸爸说：

"我哪能不知道这个呀，苍耳秋季开学，无论如何要去学校上学了，再这么在家里，课虽是学了，可家终究不是学校，他也得有同学，有课堂，有课桌。调去柳树屯也好，苍耳和苓耳能上营盘小学。我想过了，即便巧鸟不撤销，秋季开学前，也要去南桥租个屋子，你带着苍耳和苓耳去南桥镇上学。你说得对，人啊，就是一只雀儿，飞过来飞过去，不知会落在哪片林子哪棵树上再搭个窝儿，再也飞不回原来的那片林子里。我们都是飞来飞去的雀儿，哪天飞不动了，落在哪片林子里，做个窝儿，也就不飞了。"

耳爸去了柞木林，陪着父亲喝了一点酒，把巧鸟站要撤销的传言说了。耳爸不知父亲会有何反应。苍耳爷说："搬出去也好，孩子们不能窝在山窝窝里，你们搬走了，我心里也松快不少。"耳爸说："爸你不想我们在巧鸟一直陪着你吗？"苍耳爷说："当年要不是我非要留在巧鸟，你和你妈也不会离开柞木沟。"

耳爸一下子懂了，好多年了，父亲一直为自己的固执，为带着妻儿离开柞木沟来到巧鸟这个荒山野岭愧疚着。

耳爸说："爸呀你不常说人跟树上飞的雀儿差不多，不知会落到哪片林子里搭个窝儿，哪天飞不动了，落在哪片林子里，搭个窝儿，再也不飞了。"苍耳爷说："苍耳和苓耳才是刚出飞儿的雀儿，指不定会落在哪片林子里呢，不能圈在这个山窝窝里。我是飞不动了，柞木沟也飞不回去了，我的窝就在巧鸟山这片柞木林里了。"

耳爸去了几次南桥镇，找到林业站的人，花了两万块钱，把巧鸟山和周边几处荒山荒谷承包了下来。这在外人看来，简直是件天大的傻事。连胖车长也不懂了，他也问耳爸是不是疯了，两万块钱能做很多事，能在柳树屯买个院子了。你都要离开巧鸟了，这些荒山能干啥？耳爸说不干啥，留着在那让它长树，给雀儿搭窝。

日子如常地往下过着。耳妈收拾了菜园，瓜菜种子呀，一粒没少播，有些篱笆枝子糟朽了，苍耳帮着妈妈砍了新枝子来，重新插结实了。这个荒山野岭的，围篱笆挡啥呢，又没有散养鸡、没有散养鹅的。耳妈说围上了篱笆，看起来才像个菜园子。

苍耳爷过得很平静，他的心思都在柞木林里，看到种下的柞栎果子冒出新芽，他脸上横七竖八的皱纹里能开出小花来。飞来飞去是小雀儿的事，他这只老雀儿是哪也不飞了，要老死在这片林子里了。

2

在柞木树绿叶满枝的时节，巧鸟来了一个外国人。4256次列车开走后，外国人背着沉重的旅行包，走了过来。他说：

"嗨，你好！我叫洛根，美国人。"

洛根伸出手，要跟耳爸握手。耳爸犹豫着要不要握手。洛根把手伸在那等着。耳爸还是跟洛根握了。洛根说：

"我们现在是朋友了。"

耳爸没想到这个美国人能把中国话说得这么地道，他问：

"你来巧鸟做啥？"

洛根说：

"我是名流浪摄影师，来这边很久了，听说魏塔线要取消许多个小站，老列车也会把老蒸汽车头换成内燃机车头，我想在巧鸟住些日子，拍些老火车头的照片。"

耳爸说：

"住下？住在哪里？我们可只有一间屋子。"

洛根说：

"我住帐篷呀，我经常在野外跑，晚上在野外露营。"

洛根又拍了拍一个蓝色的圆圆的袋子，说：

"帐篷，在这儿。"

巧鸟站要撤销，上边一直没有下正式通知，一切都在传闻之中。美国人洛根的到来，让苍耳一家更确定了小站真的要不存在了。耳爸说：

"你只要不破坏铁路，你爱拍什么就拍什么，拍得好看一点也行，拍得丑一点也行。不过最好还是拍得好看一点，巧鸟真的很好看。"

洛根的到来给苍耳带来了乐趣，很快他和洛根打得火热，他帮助洛根在空地上搭帐篷，那是一顶蓝色的单人帐篷。苍耳给洛根找锤子，往地上钉钢钎子，给帐篷拴防风绳。防潮垫、睡袋，这些对于苍耳来说都是新鲜的事物，以前可从来没有看到过。帐篷搭好，洛根给苍耳演示，钻到睡袋里去。

洛根跟耳爸商量，借用一下锅灶。他坐火车来，不让带燃气炉。耳爸说：

"要不我们一起吃吧，你们城里人用惯了燃气，我们这都用柴火灶。"

听说能跟苍耳一家吃饭，洛根很高兴，拿出一瓶葡萄酒，非要送给耳爸。耳爸笑着拒绝了，说：

"一碗米也不值几个钱，吃两顿饭还吃不穷，你们这洋酒我也喝不惯。"

洛根说：

"走时我会留一些钱。"

耳爸说：

"钱就不用给了，我们不知啥时候就离开这里了，给我们全家在这个屋子前拍张照片就行了。"

洛根说：

"No problem!"

耳爸没听懂。洛根说：

"该死该死，我不该说英文，我说好的，没问题。"

耳爸说：

"没关系,你们外国人也挺有意思的嘛。"

洛根说:

"我在中国生活十八年了,差不多算个中国人了。"

洛根把照相机支在站台上,一会儿挪过来,一会儿又挪过去,苍耳不知道他为啥老要挪动,不就是拍个照吗?火车头开过来,咔嚓咔嚓几下就完事了。洛根说要找方位和光线,摄影最重要的是光线,调不好光,多好的相机也拍不出好看的照片来。

苍耳跟在洛根身后,跑过来跑过去。洛根要苍耳去找个凳子来,让苍耳站在凳子上,眯起左眼,看照相机的小视窗。苍耳从视窗里看见了不一样的画面,铁轨、枕木和铁路边上摇曳的波斯菊花丛。这些波斯菊,是耳爸每年在母亲坟上采一些花籽,在小站与巧鸟山之间播撒,许多年过去,铁路两边开满了波斯菊。苍耳说原来老掉牙的铁轨、枕木也能这么好看。洛根说这就是光的功劳,当然不能少了这些波斯菊。

中午耳妈煮了过水面,炸了辣椒油和鹅蛋酱卤子,切了黄瓜丝、香菜末,还有一盘酸豆角丁。黄瓜和香菜是小菜园里摘的。饭桌摆在大槐树底下，摆了四个小墩子，耳妈抱着苍耳吃。洛根吃了两大碗面，直说好吃，比北京炸酱面还要好吃。吃完饭在树下坐着，洛根又夸了这个小站，他说是他见过的最美的小站。耳爸说不过是多了几朵花而已。忽然洛根眼里有了光，他说：

"我突然有了个美妙的主意，来之前我只想拍老火车头，现在我想拍一拍你们这一家人，直到你们搬走离开小站，我要用图片为你们记录。"

耳爸说：

"拍我们？我们有啥好拍的嘛，吃喝拉撒睡，除了接送两次车，就是个过日子。"

洛根说：

"我就是要拍你说的日子，日子才好玩。"

苍耳疑惑不解，照相机不就是应该拍花拍草吗，日子咋拍吗？4255次列车还没进站，蒸汽车头在远处刚冒头，洛根就兴奋起来，不让任何人打扰他，脸贴在了相机上，右手不停地转动光圈，调着焦距。苍耳说：

"洛根叔叔，你的相机镜头咋那么长，像大象的鼻子，还是一只小脑袋的大象，长了个老大老大的大鼻子。"

洛根说：

"洛根叔叔这头象呀，没有这个大鼻子就玩不转了。"

洛根朝着缓慢进站的火车一顿抓拍，车上的人像看新鲜景，纷纷把头从车窗探出来，他们不知道这个小站怎么多了个外国人，草丛空地里还有一顶蓝帐篷。车窗探出的这么多脑袋让洛根很意外，他连续摁着快门，大声喊着：

"Wonderful，wonderful……"

"Great，great……"

从洛根的兴奋中，人们能猜得到这英文大致的意思。洛根的兴奋带动了乘客的兴奋，这群平时老实巴交的农民的兴奋，跟城里人的兴奋不同，他们不是在镜头前继续保持他们的笑，而是拥挤着把头都缩回去，关上车窗，扒在玻璃上，对着这个外国人指手画脚。洛根摊开了双手，说：

"Why？难道是我的热情勾起了他们的羞涩吗？"

车开动了，洛根又转动镜头，追着列车抓拍，直到

列车钻进了巧鸟隧道,洛根才停止拍摄。回看刚刚拍下的照片,洛根很兴奋,他说:

"天啊,这真是一趟美妙的旅程。"

3

小站不时会响起快门咔嚓咔嚓的声音。起初这一家人面对镜头,有三个人不自然,只有苓耳乐得直流哈喇子。苓耳在长牙,哈喇子不断地流。一个下午过去,耳爸耳妈和苍耳的动作和表情也自然多了。睡觉前,苍耳跟洛根说:

"我们一家有五口人,巧鸟山上有片好大好大的柞木林,我的爷爷住在柞木林里。"

第二天一早,洛根要苍耳带路去巧鸟山,去看苍耳的爷爷。洛根除了带上相机,还带了一把木吉他。苍耳拨了吉他的弦,嗡嗡响。洛根说上山给苍耳弹曲子。苍耳很兴奋,帮着洛根背吉他。

苍耳、爸爸、洛根走上巧鸟山,走进了青翠的柞木

林。洛根刚走到柞木林的边缘,便被这片树林惊住了,大声喊:

"橡树园。"

苍耳纠正了洛根,他说:

"洛根叔叔,这不是橡树园,这里也没有象,这是我爷爷的柞木林。"

洛根显然没有被苍耳的话说服,他环视着大大小小的柞栎树,说:

"这就是我爷爷家的橡树园。"

苍耳还要纠正他,耳爸说:

"你洛根叔叔没说错,美国的橡树就是咱中国的柞栎树,柞栎和橡树是一对双胞胎兄弟。"

耳爸这么说了,苍耳懂了。柞栎树便是橡树,橡树也是柞栎树。

洛根说:

"我也跟爷爷一起种过橡树,爷爷家有个很大的橡树园。我来中国十八年了,见过一些橡树,却从来没见过这么大一片橡树园,简直是一座橡树山。"

耳爸说：

"这片柞木林不算大，曾经有一个村子叫柞木沟，在大兴安岭深处，你到了柞木沟，看到的树，几乎都是柞栎树。只可惜柞木沟的柞栎树没有了，让火烧光了。"

说着话，他们看见林子里的小房子了。苍耳爷坐在大柞栎树下，他刚早起巡山归来，老远看见耳爸和苍耳领着一个外国人上山来，不知来他的柞木林做什么，他忽然警觉起来。

洛根指着大柞栎树，说：

"橡树王。"

耳爸说：

"不，它不是啥树王，是母树。"

洛根说：

"母树？"

耳爸说：

"这满山的柞栎树，都是它结的柞栎果子种出来的，它是满山柞栎树的母亲。"

洛根说：

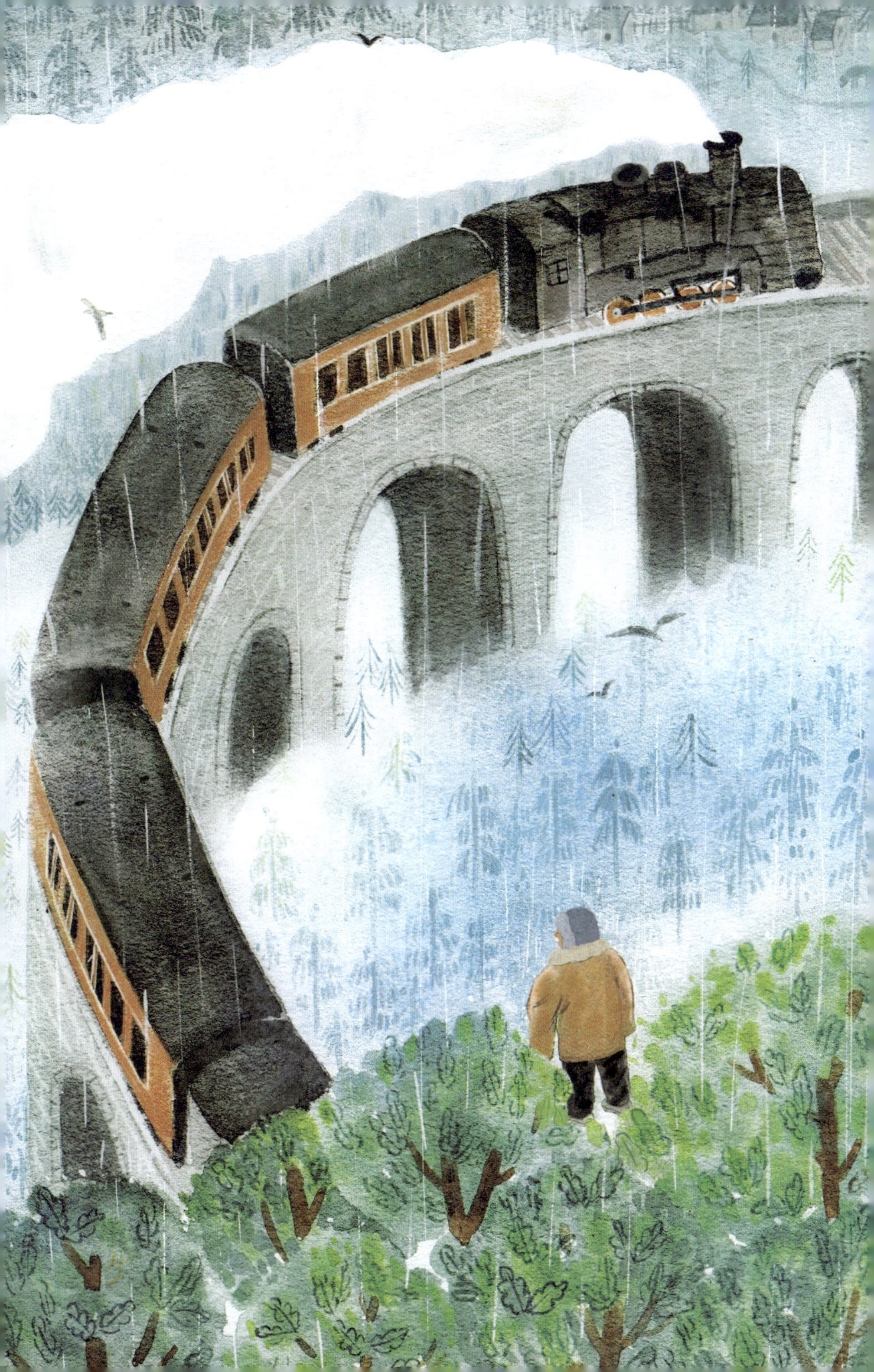

火车开出隧道,驶上大桥,

巧鸟山上柞木苍翠,

最高处站着一个老人,

他站成了一棵柞木树。

老树、柞木林、巧鸟山,

在一家人湿润的眼眶里飘浮了起来。

"你这个说法好极了,这是一棵多么高大又多么美丽的橡树呀,像极了我爷爷橡树园里的老橡树。"

苍耳爷在高一声低一声的对话里,没有听出让他不安的话来,警觉的心也不再提着。耳爸领着洛根走到了近前,苍耳爷站了起来。耳爸先把自己的父亲介绍给了洛根。当发现这个老人缺少一只手时,洛根没有选择跟苍耳爷握手,而是愉快地拥抱了苍耳爷。苍耳爷面对洛根突如其来的拥抱,身子有些僵。接下来没等耳爸说话,苍耳小嘴儿叭叭叭说个不停,把洛根说给了爷爷。苍耳爷这才知道闯入柞木林的外国人的来意,彻底放松下来。苍耳骄傲地对洛根说:

"这座巧鸟山上的柞木林,都是我爷爷种出来的。"

洛根对苍耳爷竖起了大拇指,说:

"太了不起了!"

苍耳爷说:

"这山上的第一棵树,是我的儿子种出来的。"

洛根、苍耳,还有耳爸,一时间都被苍耳爷这句话迷惑了,相互看了看,都笑起来。苍耳、洛根都看向了耳爸，他就是苍耳爷话里的那个儿子。耳爸没笑，一瞬间，心头涌上许多酸楚。三十多年过去了，苍耳奶坟前摆着旧缸底儿，大柞栎树的芽就是在缸底儿里发的。打苍耳奶去世，缸底儿里便盛满了柞栎果子。

因为心底藏着一个相似的故乡，苍耳爷愿意向这个美国的年轻人讲述一段往事。阳光从树叶的缝隙里筛下来，落在老人的脸上，他的讲述平静而又悠长。他从树下的坟里的女人说起，说到已人到中年的儿子，从巧鸟说回了柞木沟，从这棵大柞栎树说到了老家屋后的老柞栎树；说到了三十几年前，一列运木材的小火车，把他的儿子——十二岁的男孩栎子，带出了柞木沟，来到千里之外这个陌生的地方。他的儿子种下了老家的一个柞栎果子，才让他有了这么一大片柞木林。

苍耳爷讲完了，洛根好半天没有说话，他在这个老人的脸上，除了看到了几条皱纹外，没有看到哪怕是一滴眼泪。还有听故事的老人的儿子，这个中年人好像在听着他苍老的父亲讲述着别人的故事，这个故事里的人与他毫不相关。

洛根说：

"我想在树下用吉他弹唱一首歌。"

洛根靠着大柞栎树，抱着吉他，轻轻弹唱起来。他的鞋上沾满了泥土，牛仔裤上爬上来一只黑色的大蚂蚁。他忘情地弹唱着。

If you miss the train I'm on

You will know that I am gone

You can hear the whistle blow

A hundred miles

A hundred miles, a hundred miles

A hundred miles, a hundred miles

You can hear the whistle blow

A hundred miles

Lord, I'm one, Lord, I'm two

Lord, I'm three, Lord, I'm four

Lord, I'm five hundred miles

Away from home

Away from home

Away from home

Away from home

Away from home

洛根一遍又一遍地弹唱，像唱机在循环播放着同一首乐曲。等到洛根终于弹唱完，唱的和听的都流泪了。洛根自然知道这首英文歌的意思和情感。而苍耳爷、耳爸、苍耳一句英文也听不懂，但这首歌曲还是让他们泪流满面。洛根说：

"这是一首忧伤的美国民谣，叫《离家五百里》。"

耳爸说：

"洛根兄弟，你能再弹唱一遍吗？就一遍。"

洛根什么都没有说，他抱着吉他，弹唱了起来。耳爸听老父亲讲述自己的故事没有流泪，却因一首根本听不懂歌词的美国歌曲而泪流满面。

洛根弹唱完，苍耳爷说：

"栎子，你是不是想起了咱老家屋后的那棵老柞栎树？"

耳爸说：

"爸，你呢？"

苍耳爷没说话，这只老雀又飞回了故乡。塔河、黄桑河、柞木沟、北高坡、老屋和老柞栎树，还有不认识的护林员，不知他会不会把柞栎果子撒在北高坡父亲的坟边。他想，那个护林员会的。

4

洛根跟苍耳爷说想住在柞木林里。苍耳爷同意了。苍耳也留在了山上，成了洛根的跟屁虫，洛根拍什么，他都要说一句，让他也看一下。从相机小视窗里看见的，跟眼睛直接看到的，真的不一样。

洛根送了苍耳一把口琴，布鲁斯口琴，洛根教苍耳用口琴吹《离家五百里》。没几天，苍耳就能把曲子吹得很像一回事了。洛根也喜欢这棵大柞栎树，他说他爷爷的橡树园里，每一棵橡树都跟这棵树一样大。苍耳爷说再过许多许多年,这片柞木林,每棵树都会是老大老大的柞栎树。苍耳看得见,他是看不见了。

除了教苍耳拍照、吹曲子,洛根还在大柞栎树下,给苍耳讲述了他的往事。洛根说他是十一岁那年,离开爷爷的橡树园的。

洛根爷年轻时在奥兰多的军营里当兵,后来直接在奥兰多的军营被派上了欧洲战场,最后参加了盟军在诺曼底的登陆,一直到了易北河北岸,差点攻进了柏林。洛根爷走后,一年多没有任何消息,洛根奶带着洛根的父亲,开始了颠沛流离的生活,来到了波特兰。

战争结束,洛根爷找到了妻儿,洛根奶已嫁给了一个牙医。洛根爷回了奥克兰的乡下,继承了他的父亲留下的橡树园,从此再也没有走出过橡树园。洛根爸是洛根爷唯一的儿子,洛根是他爷唯一的孙子。

洛根出生后不久,妈妈去世了,洛根被爸爸送到了乡下爷爷家。一次,喝多了葡萄酒的爷爷对洛根说,他在前线作战时,会梦见那片橡树园,他只想着战争早点结束，好回到他度过了少年时光的橡树园。看到死了那么多人，他一度想过自杀，是老家的橡树园让他放弃了这个念头，他对自己说要活着回到橡树园去。

洛根的父亲继承了养父的衣钵，成为一个有名的牙科专家。父亲想让洛根也当一名医生。在洛根十一岁那年，父亲从橡树园带走了洛根。洛根说不想离开爷爷，想要在橡树园生活下去。父亲没有听洛根的话，用一辆凯迪拉克轿车，把他从爷爷奥克兰乡下的橡树园，带到了波特兰，送进了一所寄宿学校。洛根进入寄宿学校不久，他的爷爷去世了。爷爷去世前给他寄来了一片橡树叶，洛根夹在课本里，常在熄灯后，把干枯的橡树叶贴在鼻子上，闻一闻来自橡树园的味道，总能想起在橡树园的日子。冬天，爷爷用橡树叶子生火烧壁炉，把屋子烧得暖烘烘的。他带着洛根在树下捡橡子果，还给他做了一把弹弓洛根把橡果当作弹子，打橡树上的伯劳鸟，但他从没有打中过一只。有一年，爷爷锯掉了一棵病死的老橡树，找了一个老木匠来帮忙，锯开了板子，用了一个冬天，做了三个橡木酒桶。爷爷会酿葡萄酒，以后每年爷爷都会酿好多葡萄酒，他把酿出的葡萄酒，盛进橡木桶里储存在地窖里，够他们喝上一年的了。

洛根的父亲一直对自己的父亲有怨恨，当年洛根爷在被派上战场前，可以从奥兰多军营退伍，回家来过日子。可洛根爷留在了军营里，不久便被派往了战场。洛根奶以为丈夫死了，带着年幼的儿子辗转漂泊。洛根的父亲对洛根爷的怨恨，在洛根十一岁那年时他还不懂。他记得被父亲带离橡树园那天，他扒在后座上，从后挡风玻璃上看见爷爷站在橡树园门口，高高地举着手臂，不停地挥来挥去。直到爷爷成为一个黑点，洛根还扒在后座上哭泣。

爷爷死后，洛根再也没有回过橡树园。后来他先是离开美国，去了新加坡，不久又来到了中国。他没有按照父亲的意愿，成为一名出色的医生，而是当了一个流浪摄影师。洛根在爷爷死后不久问过父亲为什么不回橡树园，父亲说那是洛根和他爷的橡树园，不是他的橡树园。就像牙医父亲不理解自己当兵的父亲一样，洛根也不能理解自己不回橡树园的父亲。

三年前，洛根的父亲患上了阿尔茨海默病，在他的胡言乱语中，时常会出现奥克兰和橡树园的字眼，洛根才渐渐有些原谅父亲了。他也弄不懂为何父亲患病后，什么都忘了，偏偏记住了奥克兰和橡树园。

苍耳说：

"洛根叔叔，你后来没回你爷爷的橡树园看看吗？"

洛根说：

"没回去过，橡树园还在，可我的爷爷不在了。橡树园是我爷爷的橡树园，爷爷不在了，我也不想回去了。"

苍耳爷说：

"洛根，你知道我为啥在去年冬天，不远千里回塔河，回柞木沟去看了看吗？过去我和你一样，柞木沟还在，可我的父亲不在了，那我回去还有啥意思呢？忽然有一天，我就想通了，柞木沟就是柞木沟，父亲不在了，柞木沟还在，它在那等着我呢。你爷爷不在了，橡树园还在，你应该回到橡树园去。或许你不想回橡树园，因为你一直埋怨你的父亲，怨他把你从橡树园带走了。你想过没，你比你的父亲幸运得多，你有一个橡树园；你的父亲呢，从小跟你的奶奶四处流浪，他没有自己的橡树园，他是个没有故乡的人。"

洛根吃惊地看着苍耳爷，这个残疾老人，一下子让他无言以对。洛根说：

"叔，你不是一个种树的老头儿，你简直是个哲学家。"

苍耳爷说：

"我哪里是啥哲学家，我是在这山上种了三十几年柞木树，头发、胡子都熬白了，才种出来这点儿指甲盖儿大的道理。"

当天晚上，洛根拿出了那瓶葡萄酒，在小屋里跟苍耳爷喝酒。洛根以为苍耳爷会喝不惯这酒，谁知苍耳爷却说他十七岁便喝过葡萄酒。苍耳问爷十七岁是在哪里喝到葡萄酒的，苍耳爷说他十四岁当兵，十七岁那年打锦州，在敌人一个师长的指挥部里，缴获了三瓶葡萄酒，一个排的人，一人一口给喝了。苍耳听了咯咯笑，原来爷爷有那么多故事。苍耳说：

"爷,你这个是真事,还是说的瞎话儿?"

爷爷说:

"日本人投降,爷还进过日本人的司令部呢。"

洛根说:

"我爷爷俘虏过一个德国少将呢。"

苍耳爷说:

"我可没有你爷爷风光,我抓过的最大俘虏是一个营长。"

一瓶红酒让苍耳爷和洛根喝光了。苍耳爷喝多了,不在屋子里待,跑到屋外坐在柞木墩子上。洛根喝多了要唱,抱着吉他坐在树下,又唱起了《离家五百里》,把整个柞木林都唱忧伤了,树叶在风里响,像在滴下无数泪滴。苍耳爷忽然抱住了大柞栎树,没哭,舌头喝得大了,叽里咕噜说话,最后抱着树睡着了。

天亮了,苍耳爷酒醒了,还抱着树,问苍耳,为啥他爬了一夜的树还是没爬上去。苍耳说爷呀你抱了一夜的树,你跟洛根叔叔都喝多了。苍耳爷说不会的,咋会喝多呢?高粱小烧才是酒,葡萄酒不算酒,你在说瞎话儿,把你洛根叔叔找来。苍耳说洛根叔叔走了,天不亮就走了,他没等下午4255次列车回城,他说沿着铁路走回去。他还说要回美国去,带上他的父亲,回他爷爷的橡树园去看看。他说你说得对,他的爷爷不在了,可橡树园还在。他临走时把帐篷留给你,让我想他了就吹吹口琴,这会儿他该走出十里了。

苍耳回屋拿来空葡萄酒瓶给爷爷看。橡木瓶塞在瓶口上虚插着。苍耳爷接过空瓶,看了又看,拔下橡木塞子,嘬起干涩的嘴唇,对着瓶口吹起了气,瓶口呜呜嘟嘟地响起来。苍耳听了几声,听出爷爷是在吹一首曲子,正是洛根叔叔弹唱过的《离家五百里》。爷爷吹得并不成调调儿,还有些难听,可他吹得用力而又忘我。

5

耳爸去柳城站开会,上边正式宣布了撤销巧鸟站的消息。耳爸被调去柳树屯车站做副站长,巧鸟站8月1日由有人值守站变成乘降点。耳爸要在9月1日前搬完家,到柳树屯站去报到。

耳爸开会归来,苍耳一家开始着手搬家。他们各有分工,苍耳带苓耳,耳妈整理要带走的物件。耳爸和耳妈商量后,托了柳树屯站的齐站长,在柳树屯买了一处自己的房子。

耳爸上了山跟父亲说打算8月25日搬去柳树屯新家,这样不耽搁苍耳9月1日开学。苍耳爷说房子买下了,还是早点搬过去。耳爸说不急,反正要搬过去的,不急这几天。

8月1日这天早晨,耳爸还如往常一样,看看表,穿好制服,准备接车。耳妈说今天是1号了。耳爸没听明白耳妈这句话的意思,站在镜子前,把制服有褶的地方抻开,有一个米粒大的白点,是苓耳用指肚抹上的一个饭粒干了留下的印子。耳爸用湿毛巾把白点擦去了。耳妈说栎子你忘了,打今儿个起,不用接送车了。耳爸的手一下子停住,突然不知所措了。昨晚上睡觉前还跟耳妈念叨过不接车的事,早起就忘记了。耳妈说这么多年你都习惯了。耳爸走到站台上,走到雨棚下,打开信号旗子。

4256次列车的笛声由远而近,耳爸突然收起了旗子,走出接车雨棚,站在站台上,像个乘客一样等车开过来。这次跟车的是瘦车长,他下了车,跟耳爸打哈哈,说不接车了还穿这么立整干啥,还不帮你媳妇去收拾?耳爸说也没啥收拾的,都归置好了。瘦车长说那还等什么,明天我回来,跟车去柳树屯算了,也把新家安顿安顿。耳爸说不急,说好了25号。

4256次列车开走后不久,又开来了一辆火车头。耳爸疑惑不解,又多开行了列车吗?车头在站台上停下,跳下来两个年轻人。耳爸问了,他们说要换车头了,开着车头试车走两趟熟悉熟悉路况。耳爸说换东风了呀。年轻人说东风4C,比大黑牛有劲多了,沈山线上替换下来的。耳爸说也该换了,老"前进"太老了,比我还大两岁呢,该进博物馆养老了。年轻人说大黑牛也算告老还乡了。

送走"东风",耳爸没进屋,去了柞木林。苍耳坐在爸爸坐过的小墩子上,阳光炙热地烤着大地,车轮碾磨过的铁轨表面闪闪发亮。爸爸告诉苍耳,他们在柳树屯新家有个大院子，可以栽树种菜，水井在园子里，水井边上有棵大桃树，窗子是整扇的大玻璃……坐 4256 次列车从柳树屯到巧鸟，才一个小时零三分钟，苍耳却觉得柳树屯好远，跟巧鸟隔了千里万里。一想到千里万里，苍耳又想起了洛根叔叔，不知他有没有回到奥克兰乡下的橡树园。掏出洛根叔叔送他的布鲁斯口琴，衔在口中，他没有吹那首忧伤的曲子，可他也不会吹别的了，就胡乱地吹。说来也怪，吹过了《离家五百里》的口琴，吹啥调调儿好像都带着忧伤。

下午 4255 次列车要进站了，耳爸也没有从柞木林回来，苍耳想去找爸爸，耳妈拦住了他。车进站了，提前了两分钟，车上跳下来个黑孩子，大热天还戴了顶帽子。苍耳一眼认出，是泥鳅。

苍耳问泥鳅去干什么，泥鳅说我爸妈在沈阳打工，我也去沈阳找他们，和他们一起住。苍耳说不想家吗？泥鳅说我爸妈在呢，我奶奶清明节前一天死了，我在桃花池没有亲人了。苍耳，你有空儿去沈阳找我玩吧，我爸妈在沈阳东塔租了房子，东塔有个机场，战斗机、运输机、直升机成天在天上飞，还有飞往桃仙机场的客运大飞机也看得到，大飞机飞在天上，看起来像只灰白色的鸽子。苍耳说你见过像鸽子的大飞机？泥鳅说我没见过，我爸妈给我说的，不过明天我就能看到了。我爸我妈说沈阳老大老大了，柳城还不及沈阳的一个镇子大。

胖车长喊泥鳅上车了，泥鳅拍了拍头上的帽子说苍耳你猜，我的帽子里有什么？苍耳说有头发呀。泥鳅诡秘地一笑，他说这里有一条小蛇，在桃花河边上捉的，我叫它桃花，谁也想不到我的帽子里有一条小蛇。苍耳想起个事，喊住泥鳅，跟泥鳅说我们要搬去柳树屯了，这个站房没人再住了，你哪天回桃花池，路过巧鸟，把赶走的大长虫赶回来，还让它住回站房吧。泥鳅答应了苍耳，抓着扶手上了车，在靠窗的座位上冲苍耳笑，用手掌当作飞机在天上飞。列车开走了，泥鳅又跑到尾部车厢，拍着头上的帽子，从尾部的玻璃门里向苍耳挤眉弄眼地笑。

列车开远了，只有汽笛传过来，越来越远。苍耳还愣在站台上，战斗机、运输机、直升机、大飞机、东塔、老大的沈阳城，这些都是虚影儿；大院子、水井、水井边的大桃树、整扇玻璃窗，也有些是虚影儿；而老旧的站房、残破的站台、发亮的铁轨、老大老大的柞木林、爷爷的小房子、房子边的大柞栎树，闭了眼，都是真的，画一样。

6

耳爸要给鸡鹅打个笼子，原来的笼子太大了，没法拿上火车。木料是拆了鸡笼子得来的。鸡和鹅同笼，吵得很欢。苍耳不时地呵斥鸡和鹅。鹅在苍耳面前很绅士，苍耳转身走掉，鹅不再让着鸡，一副老爷的傲慢，把鸡当了个丫鬟似的。鸡呢，向来不安分，总是抽冷子在鹅屁股上啄一下，笼子底散落着不少白鹅毛。

苍耳没空老给鸡鹅劝架，他要给爸爸打下手，一会儿给爸爸递锤子，一会儿给爸爸递锯子。爸爸说苍耳你去帮一下妈妈。苍耳说妈妈没什么要帮的了，她在跟苓耳玩呢，该收拾的都收拾了，就差你的鸡笼子了。爸爸说你去看看鸡和鹅，咋老叫，好歹也当了这么长时间邻居了,脾气咋都还这么躁?苍耳说鸡矫情得跟个大小姐似的,鹅又傲慢得像个老爷。

小笼子打好了,能装一只鸡和一只鹅。在搬家前,委屈了鸡,先住小笼子。鸡怄气似的,被关进小笼子,从每天一个蛋,到了三天两个。有路过的乘客想买鸡和鹅,出了好价钱,耳爸不卖,鸡鹅都带走。苍耳他们就差把屋子上的瓦揭下来带走了,啥都舍不得丢下。

耳爸去了趟南桥,买回了油漆,一刷子一刷子地刷起了墙。耳妈没说什么,她知道耳爸的心事。胖车长说老白啊,你吃饱了撑的啊,你走后这站就没人住了,没准哪天都拆了,你费那个力气干吗?耳爸说每年这时候都要刷的,我不住了,车上人路过看了也舒服些。

8月24日晚上,一家人在苍耳爷小屋吃团圆饭。桌上耳妈又提出要苍耳爷跟他们去柳树屯生活。苍耳爷笑着拒绝了,还是那句老话,老死在柞木林了。当晚苍耳留在了爷爷的小屋,他要和爷爷住一个晚上。

立秋过了十多天,山上的夜有些寒凉了。秋虫喧闹。有很好的月光。他们在大柞栎树下说话。他们说到了赶大集、烤火盆、说瞎话儿,还有老黄羊,又说到了回了美国的洛根。苍耳说爷呀放寒假了,我还来巧鸟跟你住,一起烤火盆猫冬,你还给我说瞎话儿;下雪了,咱还在雪地上给老黄羊放草料,它要活着,还会回来吃草。爷爷说你啥时候想爷了,坐4256次列车就来了,住一夜,第二天坐4255次列车就回去了。后来爷爷说要给苍耳带一棵柞栎树苗,让他栽到柳树屯新家的屋后。爷爷找来镐头,挖起了大柞栎树下的一棵树苗。这棵树苗有些难挖,爷爷挖得很费力。苍耳说爷这满山好多树苗,为啥偏要这么费力挖这棵呢?爷爷没说话,好一阵才把树苗挖下来,在树根上箍了湿土,用塑料袋子缠紧。爷爷脑门出了汗,苍耳坐在爷爷身边给爷爷擦汗。爷爷说:

"苍耳呀,明个儿你要离开巧鸟了,爷过去给你说了恁多的瞎话儿,今儿晚上爷给你说个真话儿吧,啥真话儿呢,是爷自个儿的真话儿。爷十四岁离开老家柞木沟,差一点就死了,爷命大,爷没死,让人救了。"

少年景春，大冬天离乡，去奉天找堂叔。

他要从黄桑镇坐五天马车，到黑河车站坐火车，先到哈尔滨，再坐火车去奉天。他的一个堂叔在奉天开药铺，到火车站去接他。从黄桑镇到奉天这一路，没有亲人陪着他。景春十四岁前，在黄桑镇娄家上过三年私塾。父亲想让儿子能有大出息，跟奉天开药铺的堂弟联系，要把景春送到他的柜上去当学徒。

母亲给他打点好了行李，还有路上要吃的干粮。景春搭的马车，是去黑河贩貂皮和药材的，他们把貂皮和药材送到黑河车站，走铁路运到哈尔滨去。

出发前夜，母亲来到景春的屋子，送来了一把狍子肉干。景春是母亲的小儿子，他不想离开柞木沟。母亲说父亲为你好，你要跟着你堂叔学本事。景春哭着点头，母亲也哭了，哭了一阵，母亲说明儿个上路，可不要哭，车队出发前忌讳流眼泪，不吉利。景春擦了眼泪，母亲搂着小儿子，她不敢哭，怕引动儿子伤心。

车队离开黄桑镇，景春真的没有哭，他没有在送行的队伍里看到父亲母亲，送他到黄桑镇的是白福，白福是从老家洪崖山来投奔景春家的，算是景春的一个远房叔叔。白福给他系紧了围脖，正了正帽子，告诉他路上要听车老板的话。景春看到白福和跟车账房说话，塞了一块大洋给账房。父亲把景春托付给了账房，希望账房一路照顾。

车帮里搭车去哈尔滨的，还有个黄桑镇上的孩子，姓马，叫马宝善，说是马占山的本家。宝善跟景春本不坐一辆车，走出有三十里，车老板要他们下车，跟着马车跑。天太冷了，不跑不行，坐在马车上会冻死人。景春坐在第三辆大车上，宝善坐在第七辆车上。下车跑步，景春故意撒后儿，跟宝善并排跑。景春认识宝善，他们都在娄家私塾念过书。风大，话无法说。他们的眉毛上都结了冰霜。一个摔倒了，另一个会拉一把。说是坐车去黑河，下车跑的时候比坐车还多。

天傍黑进了大车店，马卸了，拉到槽子上去喂，车帮的头儿跟车店掌柜要了一间大通铺，没有女客，十五个车老板加上跟车账房、伙计十八个人，睡一间大通铺。车帮头儿给景春和宝善要了间上房，跟车店掌柜老板娘睡隔壁。景春和宝善说跟着车老板睡通铺，车帮头儿问为啥，通铺后半夜冷，上房暖和些。景春和宝善说怕。车帮头儿说大伙挤挤，腾出疙瘩地方，给景春和宝善睡。吃了饭，店里来了走江湖说书的，车帮头儿喊进来，给说了段秦琼卖马。车老板聚在火炉前听书，烤着棉乌拉。烤完乌拉草，装回乌拉里，书也听完了。打发说书人走了，人困马乏，车老板呼呼大睡。景春和宝善睡不着，挤着挤着挤到一个被窝里，俩孩子手拉着手，好像是刚睡着，车帮头儿便喊他们起来赶路。

再赶路景春和宝善坐一辆马车，背靠着背，听着马鞭子把冷风抽得啪啪的。冬天走车帮遭罪，也有个好处，很少会遇到胡子劫道。入了冬，山里的土匪胡子也要猫冬，临时散了伙，到了开春才会集合起来。不过为了以防万一，车帮还会带上几杆火枪。

从黄桑镇出来第三天，到了晚上还没走到车店，车帮头儿叫在荒村歇马。那年头闹鬼子，荒村本来就小，一个人也没有，几乎找不到一间没倒塌的房子。好歹找到一个带四框的土坯房，有疙瘩不大的屋顶，车帮头儿让账房先生带着景春和宝善睡。马摘了銮铃，默默嚼草。车帮有四杆火枪，车帮头儿派出去两杆，打回了一只狍子，生了火，烤狍子肉。有了火暖了，脸上也有火光，狍子肉吱吱冒油。

夜里那个冷啊，景春和宝善挤着，想家呀，景春皮袄兜里揣着狍子肉干，是出门前一天晚上母亲给他的。他不吃，在手上攥着，时不时把手捂在鼻子上，闻一闻肉干的卤味。刚睡着，车帮头儿喊他们醒醒，景春以为来胡子了。车帮头儿要他和宝善围着大车跑圈，这么睡下去不冻死也要冻伤。景春和宝善围着马车跑圈，跑热了，又回房壳子里挤着。一个晚上叫醒了三回，第二天上路时，景春和宝善还迷迷瞪瞪的，车帮头儿要他们下车跑，他们困得直绊跟头，往脸上搓雪也不管用。

到了黑河，车老板赶车回去，货物走货运火车，伙计们押货物去哈尔滨，账房先生带着景春要坐客运车，宝善到了黑河有亲戚陪着了，不过还跟景春坐一趟火车。车刚出北安车站不久，天也大黑了。火车突然停了，上来了日本兵，端着枪，挨个车厢搜查，说是抓山里游击队的什么人。景春万万没想到日本兵把账房抓走了。他们把账房抓下车，景春吓得眼珠都快瞪出来了。他眼见着账房挣开了日本兵，日本兵开枪把账房打死了。账房知道跑不掉，跑只是想让日本人开枪，不想当俘虏。日本人气急败坏，又上车来查问谁跟着账房一道来的。这时一个中年人一把拉过景春，将景春拉到了另一节车厢，低声告诉景春就说是他的侄子。中年人拉着景春一直走，走到了第一节车厢，挤在惶恐的乘客堆里。

日本人没有找到别人，很久才允许火车开走。车开行后，景春呜呜哭着，从头一节车厢往最后一节走，宝善到第一节车厢来找景春，景春没有看见宝善。宝善拉住景春问他要去干啥，景春说我要回家，往回走呀。宝善说你走到最后一节车厢能咋样，你还在火车上，火车还在往前开。景春不听宝善的，还在车厢里往后走，到了最后一节车厢，无路可走了，景春蹲下来。宝善说得对，他还在火车上，火车在往前开。

车到海伦停下，日本人不让开了。景春跟着中年汉子下了车，汉子把景春带到了山里。汉子是游击队的排长，叫周大年。就这样，十四岁的景春本来要去奉天堂叔的药铺当学徒，结果阴错阳差地进山当了兵。父母以为他死了，直到第二年日本人投降，景春才给家里写了信，他的父母才知道小儿子还活着。后来的后来，景春当了铁道兵。回家探亲已是新中国成立后，屋后的柞栎树，比他离家时高大了许多。他见到母亲时，塞给母亲的是离家前母亲给他带的狍子肉干，肉干已风干成了近乎黑色的石头。

许多年后，母亲去世时，景春在外当兵，不在她的身边。母亲手上攥着那些肉干，叨叨念念着小儿子。肉干让母亲摩挲得油光发亮，不知情的人，说啥也看不出是肉干，以为是啥古物宝贝呢。

苍耳说：

"爷，宝善呢？"

爷爷说：

"我跟着周排长进山走了，宝善还在车站等待开车，有他的亲戚陪着他，后来就不知道了。当兵后回乡探亲,我去镇上打听过宝善,宝善的家人在东北光复后,搬去了长春,我再也没有听到过宝善的消息了。"

苍耳说:

"就像你冬天回柞木沟一样,宝善不管在哪,他老了也会回一趟黄桑镇吧?"

爷爷托着柞栎树苗,没有回答苍耳。爷爷说:

"你不是问爷为啥满山柞栎树苗不去挖,偏要费劲巴力地挖这棵么?爷告诉你吧,这棵苗不是柞栎果子种出来的,它是大柞栎树地下的根萌出的蘖儿。孩子,记住喽,我们都是大柞栎树根的蘖儿。"

爷爷把树苗给苍耳拿着。

苍耳捧着树苗,泥土的湿气混合着树叶的清香吹进鼻孔。他想着爷爷说的蘖儿,抬头去看大柞栎树,枝叶茂盛,树叶在微风里摩出细微的声响,正好月亮在树梢上,像长在了树上的样子。

苍耳突发奇想,他把树苗举高,一点点举高,让月亮也在树苗的树梢上。苍耳就这么看着,月亮长在了两棵树上,慢慢小树苗长大了,枝繁叶茂,跟大柞栎树重叠在一起了。

秋虫叫得格外透亮,搬去柳树屯再也难听到了。有一只蝈蝈在一棵柞栎树上,叫得很响。爷爷说:

"爷送你另一样东西带去柳树屯。"

苍耳捧着柞栎树苗,见爷爷起身走到一棵柞栎树下,伸手摘下一个小笼子,蝈蝈叫声停了。苍耳放下树苗,接过爷爷手上的笼子。这是个用青蒿秆编的塔形笼子,里面关着一只蝈蝈。笼子是新编的,蒿子秆味道还很浓。爷爷说:

"想巧鸟山了,就听它叫一叫。"

睡觉前,爷爷把笼子挂在了屋檐下。苍耳很久睡不着,想听蝈蝈叫起来。蝈蝈始终没叫,苍耳就睡着了。苍耳睡着了,蝈蝈却在笼子里叫了。等天亮醒来,苍耳看屋檐下,透过蒿子秆的缝隙,看得见蝈蝈抓着蒿子秆在发呆。昨晚光亮暗,苍耳没有看清,这下看清了,是一只青黑色的铁蝈蝈,紫蓝脸,粉肚皮,深褐色的翅,全身黑亮,像铁皮,棕色的触须弯着。巧鸟山青蝈蝈多,铁蝈蝈极少见。爷爷说:

"稀罕不?"

苍耳说:

"稀罕。"

爷爷说:

"下山时提溜着笼子,带去柳树屯,也挂在屋檐底下。"

苍耳下山时,把树苗捧在胸前,腾出一手来,提着蝈蝈笼子。走下巧鸟山,回头望了几次,爷爷都在山上看着他。苍耳没法挥手,捧着树苗摇晃几下,算作与爷爷告别。爷爷说下午4255次列车进站,他不来站台上送了,站在大柞栎树下,看着火车把他们带向远方。

波斯菊在怒放,把小站与山之间开成花路。走到一半,苍耳停住不走了,回头看不见爷爷,一个矮山包挡住了。

那天早晨,送洛根叔叔下巧鸟山,在巧鸟隧道口,他问洛根:

"洛根叔叔,为啥这么久了还忘不了你爷爷的橡树园,巧鸟山有柞木林,想橡树园了,来柞木林看看不是一样吗？"

洛根说：

"不一样的，我爷爷的橡树园里有我的十一岁，这里没有。"

放下树苗和笼子，苍耳摘了一朵盛开的波斯菊，又摘了一朵，又摘了一朵，摘到十一朵，一下子长大了似的，突然就似懂非懂了洛根的话，他对着手掌心上的十一朵花说：

"我也要离开我的橡树园了，这里也有我的十一岁。"

一低头，看见了蝈蝈笼子。带它去柳树屯，铁蝈蝈也会想家吧。苍耳提起笼子，从缝隙盯着它看。这真是一只好蝈蝈，一只的叫声把半山的虫声都比下去了。看了看，苍耳把系笼子门的草解开，敞开了笼子的门。苍耳轻轻弹几下笼子，铁蝈蝈受了惊吓，从笼门跳出去，落在一棵波斯菊上，花秆压弯了，再一蹦落在了一片草叶上，再一跳隐进了草丛不见了。

铁蝈蝈留在了巧鸟，蝈蝈笼子却要带着，爷爷给他的念想儿。没了蝈蝈，笼子空了。苍耳想起了花，拾起来，一朵，一朵，一朵，一朵一朵又一朵，十一朵都拾了起来。就这样，苍耳捧着树苗，提着装了十一朵花的笼子，要向他将要告别的小站走去。

就是在这时，草丛里的铁蝈蝈叫了。苍耳看着草丛，像去逮蝈蝈发现了蝈蝈时那般笑了。

山间的晨光照着这个即将远行的少年，在铁蝈蝈宽厚而响亮的鸣叫声里，少年心中的忧伤似乎淡了。

他不着急走回小站去了，他要细细地听完这只秋虫唱给他的送别曲。

2019年11月2日 起笔于书香家园阁楼书房
2019年11月13日 15:34 草结于魏塔线4255次列车上
2019年11月23日 14:28 一改于书香家园阁楼书房
2019年12月29日 10:33 新写于书香家园阁楼书房
2019年12月31日 14:50 又改于书香家园阁楼书房
2020年02月04日 20:02 三改于书香家园阁楼书房
2020年02月13日 22:50 四改于书香家园阁楼书房